指尖花开
-02-

# 有美一人，清扬婉兮

大鱼文化 —— 编著

贵州出版集团
贵州人民出版社

图书在版编目（CIP）数据

有美一人，清扬婉兮/大鱼文化编著. -- 贵阳：贵州人民出版社，2016.8（2020.3重印）

ISBN 978-7-221-13424-0

Ⅰ.①有… Ⅱ.①大… Ⅲ.①短篇小说－小说集－中国－当代 Ⅳ.①I247.7

中国版本图书馆CIP数据核字(2016)第183907号

## 有美一人，清扬婉兮

大鱼文化 编著

| 出 版 人 | 苏 桦 |
| --- | --- |
| 出版统筹 | 陈继光 |
| 选题策划 | 大鱼文化 |
| 责任编辑 | 徐 晶 |
| 流程编辑 | 潘 嫒 |
| 特约编辑 | 廖 妍  李文诗 |
| 装帧设计 | Insect |
| 内页设计 | 米 籽 |
| 封面绘制 | 长 乐 |
| 出版发行 | 贵州人民出版社（贵阳市观山湖区会展东路SOHO办公区A座  邮编：550081） |
| 印 刷 | 三河市华东印刷有限公司 |
| 开 本 | 880×1230毫米 1/32 |
| 字 数 | 220千 |
| 印 张 | 8 |
| 版 次 | 2016年10月第1版 |
| 印 次 | 2016年10月第1次印刷  2020年3月第2次印刷 |
| 书 号 | ISBN 978-7-221-13424-0 |
| 定 价 | 40.00元 |

## 目录

**天生鹦缘** ························· 002
殷生，殷生。贫僧记得你，忘了佛。

**莲·鱼生欢** ························· 014
她到底没狠下心，又一次救了他。

**一生三梦，狐非狐** ··················· 026
人世间的一切所为和不为都是有代价的。

**取心不娶我，差评!** ··················· 039
是我自己不愿意相信，不肯信这世上无人愿待我以真心。

**借伞的不是许仙** ····················· 053
她也不过是听从天命，盛世而来，乱世而去。

*小半生*
*XIAO BAN SHENG*

**天下第一贱侠** ······················· 067
"姑娘，约吗？在下是天下第一剑。"

**将军！说好的高冷呢** ················· 080
小舞，你走了六年，把我们都忘了。

**百萌不一如嫁** ······················· 095
"你是我的，除了我，谁也不能娶你……"

**公子太坑，围观小厮惊呆了** ··········· 106
两个人若要终成眷属，总要有一个先要流氓才行。

*两相悦*
*LIANG XIANG YUE*

**娘亲十八岁** ························· 122
这个世界上，肯这样以命相护的，能有几人呢？

## 目录

**微臣也想要抱抱** ································ **137**
原来,一切都是她痴心妄想。

**父王,给女儿来一打王兄** ···················· **150**
我如此喜欢他,也只能尽量做到不拖累他罢了。

**公子,what are you 弄啥嘞?** ············· **163**
千金自易得,良人却难求。

**大神! 你的媳妇儿掉了** ······················ **176**
别来无恙啊,我亲爱的姑娘。

**红豆妹妹败下阵来** ···························· **191**
来日赚得金银,第一件事便是娶你。

### 与仙嫁 YU XIAN JIA

**寂寞僵尸无公害** ································ **206**
倘若能将喜欢说得清楚明白那或许就不是喜欢了。

**替补仙妻伐开心** ································ **220**
"我不怪你,想让你留下来。"

**桃之夭夭,任君享用** ·························· **234**
"仙君,那您的心……在哪儿呢?"

### 经典句 JING DIAN JU

**经典重温·上篇** ································· **248**

**经典重温·下篇** ································· **249**

小半生

XIAO BAN SHENG

殷生，殷生。贫僧记得你，忘了佛。

## 天生孽缘
文 / 花知否　图 / 洛笙

## 1 是妖还是仙？

殷生是一只修炼了四百九十九年零九个月的鹦鹉精，专业混吃混喝，业余修仙。

只要再修炼一百天，她就可以永远化为人形，长长久久地游肆人间，不必再受一年一次之限。

这一任主人是个大家闺秀，名唤关逐玉，乃是将门之后，她也不像别人一样把殷生锁起来，而是任由殷生来去自如，没有任何行动上的拘束。

人类的集市总是那么热闹，空中混杂着各种脂粉与甜食的香气。殷生慢慢收起翅膀，稳稳地停在了一个货架上，那是一个售卖胭脂水粉的摊子，也不知道自己什么时候能涂上这种东西。

正好端端地憧憬着美好的未来，尾巴处突然吃痛，殷生惊讶地回过头去，却见一群垂髫小儿将她包围了起来，其中神色最为兴奋的小孩子揪着她的羽毛大声叫道："今天可算是遇着宝啦！我娘的许多点翠首饰就是这种颜色，剥下完整的皮张来，能在首饰匠那里卖不少钱呢！"

哼！找死。殷生冷笑着扇了扇翅膀，一副睥睨苍生的姿态。

想拔我的毛？不知天高地厚的小孩子，姑奶奶带着这身鲜艳亮丽的翠羽飞遍楚国大江南北的时候，你们的爷爷奶奶都还没出生呢。

刚想要施法给他们一点教训时,身后突然传来一个男子温柔醇和的声音,至刚至阳,远甚天籁。

"众生平等,万物皆有灵。小施主面有福相,必有作为,何必为难一只小小的鹦鹉呢?"

殷生连忙又转过头去,看向了出声那人。只一眼便有些沉不住气了,殷生在人世间混了几百年,还是头一次看见相貌这般清艳绝致的男子,眸上双眉,如同山水画卷里最为惊心动魄的一道墨,心中怦然一动。

有一种人,无论站在哪里,都如同站在天地中央。

可惜是个光头。

"哼,哪里来的臭和尚?"那小孩儿不服气,仍然揪着殷生的尾巴不松手,"不就是个小畜生吗?也要你多管闲事。"

男子无奈地笑了笑,从手边的禅杖上随意地取下一条厚重的金环,递到了小孩儿手中,语气仍旧温和道:"这是黄金,我拿它换你手中的鹦鹉如何?"

那小孩儿怔怔地接了过去,还放在嘴里重重地咬了一下,这才将殷生递到他的手中急急道:"换!换换!"生怕对方反悔了似的。

男子轻轻接了过去,走出老远才看了看手中那只鹦鹉,也不知是在对谁说话:"来归来,去归去。红尘嘈杂,不必贪恋。"说完,便要将她放生。

大概是觉得这个人好生有趣,殷生调皮地在他周围飞来飞去,还不经意地用翅膀刮了刮他的脸,古灵精怪地喊道:"大和尚!"

那清俊男子吃惊不已,一向镇定的眼睛也瞪得老大:"谁在说话?"

殷生心中嘻嘻一笑,转眼间便飞到了他的肩头:"大和尚,你叫什么名字?"

"贫僧法号湛寂……"似乎有些哭笑不得,但接受事实的速度还是很快,湛寂偏过头看向肩头那只小小的生灵,"世间竟然真有如此荒诞怪事,看来今天救你真是多此一举了。人间不太平,小施主还是早些离去吧。"

"喂喂喂,你这个人!"殷生气鼓鼓地在他耳边道,"你就不好奇我是仙还是妖吗？为何反应这么平淡？！"

湛寂轻笑一声："你是仙是妖，又与我何干？"

殷生受了气，在他肩上扑棱个不停，哼了好几声也不知如何辩驳，索性赖在他的肩头，任他怎么劝说就是不肯飞走。

湛寂没了法子，本是空手而来，却驮着一只鹦鹉按原路返回。热闹繁华的集市上，只余一声低低的喟叹。

## ❖②❖ 你一个姑娘家，如何娶媳妇？

楚光寺一向是个清净的地方，却不只是因为地方偏远。在这里出家的人非富即贵，落发为僧之前，不少都是声名显赫的人物，但也不全是如此。

午后的阳光总是那么温暖，总是会让人想起很多值得怀念的事情。湛寂闭着眼睛念经，眼角却带着一丝若有似无的笑意。

吞下了最后一粒米，殷生围着空空如也的木钵转了好几圈，最后还是接受了这个事实："大和尚，我吃完了！"

湛寂并没有理会她，自顾自地诵着经，一刻也没有停顿。

"大和尚！你说你拿法器给我盛饭，算不算破戒？还有还有，那天我看见你随便一拔就是一块金子，你一个出家人，哪里来的钱呀？"

湛寂无奈，慢慢地睁开了眼睛。长睫褐瞳，刹那间光华尽数落于他的双眸之中。

"身上红尘习气太重。圣上放心不下，特意嘱咐楚光寺，吃穿用度不得与旁人相同，贫僧也没有法子。"

"大和尚来头不小啊。"殷生惊讶地飞到他面前看了他两眼，一双小眼睛滴溜溜转了几下，方道，"你倒是欣然接受了。"

"人世间太多事情没有选择，出家非我本意，又何必执着一些戒律清规。"

殷生扑棱两下翅膀,又飞到了他的肩头,嘟囔道:"我猜你是六皇子楚昭然,三月前母族倒台,你本无心于皇权,却又不得不避世出家以摆脱太子迫害!"

湛寂明显一怔,好半晌才偏过头来,正视她道:"你如何知晓?"

"那当然了,我可是有史以来最聪明的一只鹦鹉了!"殷生骄傲地挺了挺小胸脯,兴奋地道,"我告诉你大和尚,我不但聪明,人身也可美可美了呢!纵是主人见了我的相貌,也要羞愧到投湖自尽!"

"是吗?"湛寂轻轻笑了起来,"小施主既然这般貌美,若不得一见,岂不是人生一大憾事。"

"不憾!不憾!有机会就变给你看!"殷生攥起小爪子贼兮兮地道,"况且再过一百天,我就可以永远化作人形,娶媳妇,生孩子,想干什么就干什么!"

湛寂嗤笑:"你一个姑娘家,如何娶媳妇?"

殷生一听,顿时羞愧地将脑袋缩在了翅膀下面,着急地为自己辩解:"呸呸呸,你听错了!我哪有说这三个字,分明是你自己想娶媳妇了,还要赖在我头上!"

湛寂面色忽然有些发窘,装模作样地闭上了眼睛:"小施主这是说的什么话,贫僧既已出家,怎会惦念这种事情?"

"哈哈!"殷生爽朗地笑了起来,"你是怕自己变成光头了没人肯嫁你吧?不怕不怕,等我修炼期满,就娶你做媳妇好不好?"

远处忽然传来悠远的钟声,浑厚而缓慢,一句戏言,却惊落了满身尘埃。

"荒诞。"

## 5 你是云端客,我是红尘人

从那以后,殷生去过最多的地方便是楚光寺,每日都来,从来不知疲倦,如同情窦初开的少女，日日盼着见到情郎。可惜她却忘了——他是无法触及的云端客，她是六界阡陌中最不配拥有感情的妖。

她最喜欢在午后蹲在他的肩头听他念佛，虽然那些绕来绕去的句子她一句也听不懂，但只要是从他嘴里念出来的，都好听得不得了。在认识他之间，她从来不知道自己竟然也会喜欢上这么闷的人。

有时候她也会故意闹腾想要引起他的注意，比如突然叼走他手中的佛珠，又比如施点小妖术弄洒一旁的茶水，还叽叽喳喳地在他耳边说一些与他本毫无干系的事情。

"大和尚，我今天在集市上又看见那个揪我尾巴的小浑蛋啦，我把他教训了一顿！可解恨了！"

"大和尚，关府那只千年槐树精又欺负我了，他竟然说我是绿毛丫头，哼！"

"大和尚，还有几十天修炼期就满啦，我好紧张好紧张！你紧不紧张？"

"大和尚大和尚大和尚！"

湛寂虽然不恼，却也不会刻意搭她的话，只安静地念着自己的经。久而久之，竟也习惯了这般奇怪的存在。以至于偶尔没听见她在耳边碎碎念，还有些不习惯。

这里本该是世间最为清净的地方，却因为突然多了这么一个小东西而变得鲜活了起来。湛寂有过很多次想劝她不要再来了，却每次都将要出口的话咽了回去，变作一声长长的喟叹。他也不知道，这算不算是一种对自己的破戒。

## ✤ 红尘之事与我何干

这日殷生照例吃完小食，准备飞出鸟笼前往楚光寺，却突然看见主人穿戴整齐地走了出来，一旁的丫鬟阿兰一边替主人整理腰上的禁步，一边道：

"老爷怎么非要小姐今日去祈福，外面可下着小雨呢，小姐要是冻着了可如何是好？"

"父亲做事向来有他的道理。况且母亲这病来势汹汹，我心里也担心。"关逐玉捋了捋鬓角的发，朝前走了两步，这才注意到一旁的殷生，她略略蹙眉，恼道："你这小东西，最近也不知是着了什么迷，总是朝外跑，今儿个就好好在笼子里待着，哪儿也别去。"

殷生从来没有在她面前露出过破绽来，此时更是翘起尾巴故意学舌道："哪儿也别去，哪儿也别去。"

待到关逐玉和丫鬟阿兰上了轿子，殷生便立刻飞出笼子跟了出去。外面果然下起了雨，雨势虽然不大，但打湿她的羽毛倒是绰绰有余。风有些大，殷生奋力扑打着翅膀，努力让自己保持着平衡，却没想到他们一行人的目的地正是楚光寺，她连忙停在房梁上，一双眼睛滴溜溜地瞅着她们。

楚光寺处在半山腰上，远处烟雨朦胧，恰是篇好诗好画。

为夫人祈完福后，丫鬟阿兰扶着关逐玉站了起来，有意无意地指了指远处一间屋子："奴婢听说六皇子就住在那里呢，怎么说曾经也是有过婚约的，小姐就不去看看他？"

关逐玉迟疑了半响，抬脚便走了过去。

殷生连忙扑棱翅膀跟了过去，身上抖落的雨水不经意打在一名僧人的身上，让那人纳闷了好半天。

关逐玉一身淡粉色襦裙，布料都是上好的云锦，一看就知道身份显赫。父亲是一品太子太傅，纵是太子也要对他执弟子之礼。她这般尊贵的身份，却在门口踟蹰不前、犹豫不决。

如果不是因为父亲，不是因为这些乱七八糟的政治关系，可能他们早就在一起了？往事一一在眼前浮现，那些难以忘却的少女情怀撞破时空而来。

"阿兰，我本来已经放下了。若是再生情根，该当如何？"

那丫鬟眼色闪烁不定,却也不知该说什么才好。

就在两人将要转身离去的时候,木门突然开了。湛寂站在她们面前,一身布衣袈裟,双手合十,面无表情地道:"女施主久立门外,不知有何贵干?"

刚一看见那张许久未见的清俊脸庞,关逐玉几乎就要哭出声来,却硬生生将眼泪收了回去,装出一副无所谓的样子道:"楚昭然,你对我就这般生疏吗?"

湛寂低头看了看她,并没有什么太大的情绪,眼中却仍然带了一丝悲悯:"这世间早就没了楚昭然。贫僧已是出家人,红尘之事,再与我无关。"

越过她朝前走了两步,突然瞥见躲在草丛里偷看的浑身湿透的殷生,湛寂似乎愣了愣,刚想再上前一步,对方却已经逃离似的飞出好远。

直到飞出了楚光寺,殷生才在雨中发疯一般扑棱着翅膀,也不知道是在发泄着什么。

在关府待久了,殷生一直知道有六皇子这么个人,住在小姐的心尖上。可别说他现在出家了,就是以前还未出家的时候,就从未对关逐玉动过心,大家都知道,只有关逐玉自己看不明白。

可是,又关自己什么事呢?

### 5 你叫什么名字

只因为再见了一面,那些在心里深埋了很久的情愫再次疯长,关逐玉开始频繁地给六皇子写信,每日一封,从未间断。

殷生仍旧如往常一般过来陪伴他,却没有从前那般闹腾了。她从未见他拆开过那些信,连一次也没有。不知道为什么,她莫名其妙地竟然有些开心,连带着觉得木钵里的斋饭都香甜了些。

终于有一天,她忍不住问道:"大和尚,你为什么不看?"

"不看便不会心烦，世上本无事，庸人自扰之。"湛寂低下头淡淡地笑着，"倒是你，每日都朝这边跑，也不怕累断了翅膀。"

"你懂什么，我在修炼！修炼！"殷生哼唧了两声，却也没有再追问下去了。

"你叫什么名字？"湛寂忽然出声问道，这么久以来，他竟然一直忘了问。

"啊？啊……"殷生愣了好半响才羞涩地转过小脑袋，少女姿态尽显，"等我化作人形那天再告诉你！就是明天了，一定要美美地告诉你才行！"

殷生心里喜滋滋地盼望着那一天，到时候，她一定要告诉他，她想要陪伴他一生一世，直到他老去，谁也别想阻止她。

湛寂微微一笑，刚想说些什么，门口却突然有僧人前来通报："师弟，关府的大小姐请您前去为关府病重的夫人诵经。"

殷生也是一愣，连忙看向湛寂的眼睛，蹲在他肩头小声问道："你去吗？"

湛寂慢慢起身，双眸无星无月。

"为何不去呢？"

## 6 大和尚，我叫殷生

关夫人的房间也是很有禅意的，无论是摆设还是点的檀香，都带着几分宁静的气息，一看就知道平时也是礼佛之人。

一向闹腾的殷生反倒乖乖地蹲在花瓶沿上，将翅膀好好收了起来。

薄唇上下而动，念念有词，湛寂闭着眼睛盘坐在地上，英挺的鼻梁如远山一般，让人看一眼便无法自拔。在他念经的时候，关逐玉一直悄悄地偷看他，却只在他休息的时候才上前奉上一杯茶水。

"昭然，你累不累……"

父亲跟她说，母亲向来喜佛，如果能请到楚光寺的和尚来为母亲诵经，想必会恢复得更快些。她又日益思念楚昭然，有这样一个见面的机会，自然不能放弃。哪怕知道对方并不爱自己，也心甘情愿为他沉沦。

湛寂念了多时，正觉口渴，顺手接过她的茶。

饮下去不过片刻工夫，胃中忽然翻江倒海，胸口如针在刺，他紧紧皱着眉，震惊地抬起头看向了关逐玉。

对方的眼神却比他更为惊讶："昭然，你怎么了？"

殷生也被这突如其来的变故吓到了，连忙飞了过来，在他身边慌慌张张地扑来扑去，却又苦于关逐玉在场而不能出声，只能干着急。

大和尚你这是怎么了？！

湛寂嘴唇渐渐泛白，毫无血色。他隐隐猜到了一些什么，可是一切都再也没有意义了。他以为只要自己避世，太子便会放过他，却没想到自己永远都是太子心中的一根刺，不除，便不安心。这一生不善权谋之术，苦心孤诣求得安生之所，妄想淡泊名利，与世无争，最终还是要死于皇权之下，成为政治的牺牲品。

嘴角泛起一丝苦涩的笑容，再无挣扎，闭上眼睛那一刻前，他竟然下意识按住了四下扑棱的殷生的小脑袋。

我是苦难之人，死后惨状，你不要看。

关逐玉抖着手摸了摸他的鼻子，竟然一点鼻息也无，顿时吓得瘫坐在地上，嘴里喃喃："死……死了……我爹……是我爹……我怎么忘了呢，他是太子的人啊！"

周围的人都被这一幕吓得慌了阵脚，只有那名叫阿兰的丫鬟面不改色，上前一步拉着自家小姐道："天意如此，小姐节哀顺变。"从一开始，阿兰就是听从老爷的吩咐办事的。

"不！"关逐玉全身发抖，完全无法接受这个事实，拼命甩开了丫鬟的手，发了疯一般朝门口跑去，"我去给他找大夫，我去给他找大夫……"

殷生慌慌张张地从湛寂的手心里爬了出来，愣愣地望着他的尸体，连眼泪都忘记了流，生前尊贵无双，却死得如此轻贱。她只能浑浑噩噩地看着那些人一个个唯恐避之不及地离去，再无人理会。游戏人间五百年，她从来不知道有些事情竟然这样可怕，也从来都不知道自己竟然也会爱上一个人。原本以为他只是自己可有可无的陪伴，却没想到这一刻会如此痛彻心扉。

"大和尚，大和尚……"

殷生痛不欲生地看着他的脸，恍然想起那日槐树精同自己说过的话："哈哈，绿毛丫头，你这一身功力，换人起死回生都绰绰有余了。"

今日便是她五百年修炼期满之日，她等了那么久那么久，只是为了等这一天而已。她答应过他要在今天，漂漂亮亮地介绍自己的名字，然后一直陪着他的。她向来说话算数，又怎会在此刻食言。

翠羽渐渐褪去，屋内强光一现，面容姣好的绿衣少女慢慢从虚幻中走了出来，却默不作声地坐在了湛寂的身旁，眼角带泪，一句话也没说。

愿以五百年修为换你性命，从此世间再无殷生。

我不后悔，绝不后悔。

明眸皓齿的少女，也曾经有想要相伴一生的人，可惜那个人却一辈子都看不见她长什么样子了。他也永远都不会知道，这世间曾经有一个叫殷生的姑娘，甘愿为他放弃所有，抹去自己在这世间存在过的所有痕迹。

良久，一股虚无缥缈的灵气慢慢渡到了他的口中，并不是很难的事情，却仿佛用尽了一生的力气。

"大和尚你看呀，我没骗你吧，我是不是很好看？"

即使知道他听不到，她还是轻轻闭着眼睛，伏在他肩上颤抖道："你听见了吗？殷生，我叫殷生。"

似乎感受到了什么，湛寂的手指轻轻颤了颤，而当他终于睁开眼睛的时候，屋子里已经空无一人，没有她的气息，没有她的影子。

只剩下一根翠绿色的羽毛轻轻落在他的肩头,像是少女眼中那滴最温柔的泪。

## ❀7❀ 我记得你,忘了佛

后来也曾有人在江南一个破旧的小寺庙中见过他,一身布衣袈裟,偏安一隅,远离了京城的是是非非。

他不像别的和尚一样日夜礼佛,而总是对着一个盛满斋饭的木钵念念有词,不知道是在超度谁,还是在说些无人得知的悄悄话。

春夏秋冬,梦里梦外,不过一片轻柔翠羽。

青山未老,云海苍茫,有些人只能是等不到的记忆。

"大和尚,等我修炼期满,就娶你做媳妇好不好!"

"你听见了吗?殷生,我叫殷生。"

……

殷生,殷生。

贫僧记得你,忘了佛。❀

她到底没狠下心,又一次救了他。

## 莲·鱼生欢
文/葱白 图/嘉瑶DAZUI

## 1 扁舟少年，蓝衣女孩

这是一个以荷为乡的地方。

八月，镜湖水平如镜，波澜不兴。一片片荷丛错落有致。荷叶为底，荷花为色，渲染出一幅盛夏荷景。

湖上，几位养荷人划着小舟往来穿梭，偶尔的几声号子非但不显聒噪，反添静谧。

就在湖一角，一叶扁舟从荷丛里一跃而出。

舟上，一少年长身玉立，青衣短衫。

水中映出少年清秀的面容，温眉暖目，煞是好看。

少年长篙一点，小舟便轻快游近最近荷丛。

少年微微俯身轻嗅，突然的，只听"扑通"一声，将湖面破成涟漪。

原来怀里的玉坠掉进湖里，那虽不是什么好玉，却对他弥足珍贵。本是要送人，可眼下，只怕是要沉在这湖中了。

少年借着湖水晕开的光亮，四处摸索。满手的泥沙中却探寻不到那枚玉坠的踪影。

真的找不到了吗？

自己亲自手雕刻了一年才完成，一瞬间便丢了。无奈到极致，他笑出了声。

然而就在这时，身侧却传来有人拍打小舟的声音。

极有规律的，一下一下。

他疑惑，起身，却在看到眼前的人时怔在原地。

那是一个十五六岁的小女孩，停靠在舟旁，头发海藻般地漂浮在水面上。她面色呆滞地看着他，眼睛里闪耀的是不谙世事的纯净。

少年的视线掠过她的眼眸，最后定格在她嘴角。

那嘴边挂着的，可不就是他的玉坠。

他起身，满脸惊喜："是你帮我捡到的吗？"

小女孩抬手，将玉坠放到手心，递到他眼前。他这才发现这个小女孩是被裹在大红袍子里的，连手都是。

小女孩抬手，示意他拿。

他小心接过玉坠，左手不自觉摸上女孩的头顶，声音温软："这对我很重要，谢谢你。"

那孩子被他突如其来的举动吓了一跳，身子骤然绷紧，却在感觉到头顶的温柔后渐渐放松。

面对着眼前这个少年，小女孩突然咧了嘴角，笑得恣意。

倏忽眼前一片红色闪过，还未等他反应过来，手底的人已然抽身离去，游向远方。红衣飘摇，像极了一条红色的鱼。

### ❷ 未冠你之姓，幸得你之名

再见到她时已是两日后。

言欢拄篙前行，有水声从身后传来，小心翼翼。

他回头，那个小女孩就跟在他舟旁。

看到自己被发现，小女孩躲到了小舟后面，只探出个头瞧言欢。

言欢笑："是你呀。"

小女孩瞅着他，不作声。

言欢折了朵半开的荷花，朝她走去。

"送给你，那天谢谢你了。"他将荷花递到她面前，一派温言。

小女孩思虑半会儿，慢慢伸手，将荷花搂在了怀里。

碧枝粉瓣，衬着小女孩粉雕玉琢的脸蛋，分外漂亮。

言欢道："我叫言欢，你叫什么呢？"

小女孩眼中微露迷茫。

于是言欢重复："我，言欢，那，你呢？"

眼中有些哀伤，她垂下眼，摇了摇头。

名字，她从没名字。

"这样啊……"言欢皱眉，他已明白。深山穷谷，偏远小村，总是会有许多生长着怪病的孩子，无依无靠，仅凭本能生存下来。

心内怜惜，言欢声音轻柔："那我叫你小鱼可好？"

小鱼，一条红色的自由自在的鱼。

小女孩猛地抬头，不可置信。

末了，她重重点头，脸上第一次有了鲜活的表情。

言欢抬手，抚上女孩的头，动作舒缓，力度拿捏得恰到好处。

小鱼突然笑起来，嘶嘶的，漏气一般。还是小孩心性，她在水里扑腾，溅湿了对面的少年。

言欢笑，挽了濡湿的衣袖，擦脸上的水珠。

小鱼眼角一扫，笑声却戛然而止。

言欢的手略显秀气，嫩如葱白，却在左手手腕处有两道相对的弧形疤痕，狰狞可怖。

"吓到你了吗？"言欢将衣袖放下，"小时候落水，被个怪物拖着走了很久，这是被咬的疤。"

他以为这孩子怕了，小鱼却使劲摇头。她眼里似乎含着委屈，脸都涨得通红。

言欢不明所以，小鱼却突然张嘴咬在手腕上。

"你做什么！？"言欢始料不及，赶忙去拉她。可她真的像一条鱼，往后一退闪过。

她嘴上用力，直咬到尝出血腥味才松口。

言欢靠近，已不似方才平静。

他想看她伤势如何，小鱼却将手背在身后，打死也不拿出来。他本想说句重话，可小鱼却一脸怒色，一闪便钻入水里再寻不见。

言欢怔忪，小鱼在水中晕开的衣服，红得眼熟。

### ❖三❖ 莲生

小鱼一度以为言欢是温柔得极致。

湖上，小鱼静静跟在言欢身后。

"阿欢。"突然，不远处传来了一声女子的轻唤，温柔宠溺，钩子一样钩出了言欢的温情。

于是循着声音，她看到了那个女子。

眉目温婉，恬淡从容，嘴角的上扬勾勒出了一派山明水净。小鱼蓦然呆愣。

在这个叫莲生的女子身上，她发现了言欢温柔的源头，互相牵引成了彼此的影子。

有什么击中了小鱼的心，让她看到言欢和莲生之间的情愫。

藕般，丝缕不绝。

"阿欢，"莲生突然叉腰，面露嗔怪，"你是不是忘了什么事？"

言欢装傻："啊？什么事？"

莲生拿起一物："采莲大会就要开始了，你打算什么时候把场地围出来？"

她手里是一圈五彩斑斓的绳子，系了无数个鱼漂。

言欢一脸无辜："阿生，可是我忘了要把它们围在哪里了？"

莲生笑："所以呢？"

所以，你可不可以和我一起。

对面的少年孩子气得可以，两颊都泛出红晕。

莲生却弯了眉目："好。"

绳子连着两人，似斩不破，扯不断。

小鱼藏在不远处的荷花荡中，眼神却渐渐暗淡。

那两个人，一个孩子气地撒娇，另一个心知肚明地配合，再无多余的位置来容纳其他。

言欢九岁那年的夏天，荷乡下起大雨。言欢偷偷去镜湖游泳，却陷进了漩涡中。本是必死无疑，却奇迹般被人在岸边发现，全身只有手腕上有被撕咬的痕迹。

大人告诉言欢，是莲生救了他，背着他整整走了一个时辰。

彼时的言欢瞧着面色苍白的莲生，瞬间堆积起心酸，他将手轻轻搭在莲生被滚石砸断的腿上，问："疼不疼？"

莲生笑眯眯："疼。"

言欢眼泪啪嗒啪嗒，恶狠狠地说："莲生你这个笨蛋！"

灯影绰绰中，只有莲生淡淡的笑容，烙印在心底，再难忘记。

## ❹ 采莲大会

采莲大会每年九月举行,是荷乡的成人仪式。

一大早,全村人便围在湖边。

湖上靠岸处,八艘小舟静静停泊,上面一个个青衣少年。言欢就混迹其中。

待日上中天,湖上一声清啸嘹亮,那些少年箭若离弦般地冲了出去。

他们要去找白珠,那是镜湖的圣物,一共八颗,找到白珠最多者就是赢家。

少年各自寻找,言欢也查看周围的荷花,奈何都是莲子,没有一颗白珠。

言欢郁闷,正一筹莫展,一侧却传来拍打小舟的声音。他低头,莞尔:"小鱼。"

小鱼不知从什么地方冒了出来,正瞪大眼睛瞧他。

言欢无奈:"今天不能陪你玩了。"

小鱼却不走,反冲他挥手。

言欢哄道:"真的不能陪你玩了,我要去找东西呀。"

小鱼不听,继续冲言欢招手。

言欢疑惑:"你是想带我去个地方?"

小鱼笑起来,点头。

"可是……"

唉,言欢轻叹一声,折了一朵荷花放在船上后,对小鱼道:"那走吧。"

如果无缘,也无法强求。

小鱼笑开了花,一扭身就游出去好远。这是言欢第一次见小鱼游水,比自己想象中的还要快,他必须全力以赴才不至于跟丢。

红色的身影拐来拐去,终于在一枝荷花旁停住。

小鱼抱住那枝荷花,冲言欢摇晃。

言欢不解:"这是……"

他凑上前去,却愣住,就在那朵荷花中心,一颗白珠泛着亮光。

"白珠?!你怎么知道的?"

言欢又惊又喜,将白珠拿起。小鱼笑嘻嘻,不说话,还是对他挥手。

言欢想了想,却停住。

"不必了,"他冲她摇头,"不用再找了。"

小鱼不懂。言欢却不再说什么:"谢谢你,小鱼,我要回去了。"不是自己找到的,一颗也就够了。

船头掉转,远去,只留下呆在原地的小鱼。

那孩子看着言欢的背影,慢慢伸出手。

那是一把白珠。泪滴一般。

少年们迎着人们的欢呼朝岸边聚拢,他们都将自己的白珠展示了出来。有人硕果丰厚,有人则颗粒无收。

最后,长辈们将一朵硕大的彩色纸荷交给了找到白珠最多的人,然后又把白珠平分给了所有的少年。

"交换信物!"长辈们突然齐声呼喊。而后,只见八名姑娘走向平台,各有所属。

莲生自然也在其中。

言欢看她朝自己走来,难掩笑意。自从被莲生救起,那张隐忍强笑的脸便再难忘记。

可是,言欢却嘟起嘴:"对不起,我没有亲自找到白珠,也没能赢得彩荷。所以,只能给你这个了。"

那朵被言欢摘下的荷花,绽放在莲生眼前,透香的花蕊中还沾着几滴露珠。

"你知道我更喜欢这个啊。"莲生接过,深深嗅了一下,"好香啊!"

言欢笑："是啊，言欢摘的荷花永远都好香啊。"

"对啊，对啊。"

所以，不是言欢摘的，就算彩荷又怎么。你瞧，孩子气的并不是只有你呀。

言欢笑眯了眼，伸手入怀，对莲生道："闭眼。"

莲生听话，乖乖把眼睛闭上。

左手被抬起，感觉有粗粝的东西缠绕在了手腕上，听得"睁眼"后，手腕上多了一枚玉坠。

言欢将手中的白珠交给阿生："回去把它串上就好了。"

透过阳光，玉坠上的荷花纹路若隐若现，不知被雕琢了多久。

只是谁都不曾发现，不远处一个红色身影在微微颤动，有泪滴滑落，凝成白珠。

## ⑤ 原来这就是结局

今年的雨水格外多，荷乡已半月未见太阳。

长辈们说，天有异常，恐怕会有怪事发生。没想到，一语成谶。

镜湖的表面虽平静，内部却有暗涌，这次下雨，很多人都陷了进去。

虽然很奇怪竟没人溺死，但大家发现，凡是被救上来的人，手腕处都有很严重的咬伤，像是被什么拖着走。于是人们传言，镜湖里面有一个吃人的怪物。一时间再无人敢靠近镜湖。

言欢摸着手腕上的那道疤，吓出一身冷汗。

如果湖里有怪物，那个小姑娘要怎么办？

想到这儿，不管外面还是星子稀疏，言欢便去了镜湖。

晚上的镜湖深沉可怖，仿佛一踏入便再走不出。他呼唤小鱼的名字，回应他的只有雨声。那条鱼，不知从何而来，也不知去往何处。

寻找许久,直到湖上水波翻腾,他才被迫返回。

但没想到,莲生却消失不见。

"阿生担心你,所以去湖上找你了。"

不知谁,在如是说。

于是言欢顾不上其他,又去了湖上。

他早该想到,那个将他救了一次的莲生,并不是一直温柔如许,只有强硬和执拗,才把他从鬼门关夺回来,这次也不例外。

全村的人都被惊动了,大家一起去找莲生。

彼时的言欢,疯狂、冷峻,不顾一切地喊着一个人的名字,声嘶力竭也要张口。

终于,在天边透出鱼肚白时,有人大喊:"找到阿生了!找到阿生了!"

言欢瞬间清醒,以平生最快的速度奔向莲生。

"在那儿。"

言欢从船上跳下,前方,一大群人乌压压簇拥着,不时传来几声惊呼。

"阿生。"言欢的声音微弱地发抖。

"阿欢。"一只手突然拉住少年的衣袖,"刺啦"一声。

"阿欢,阿生没事。"

发现莲生的时候,她躺在岸边,旁边,一条人形般大的鱼正啃着她的手。满嘴血污。

右手下意识地握住左腕,言欢的心一拧。他看向混乱的人群,缝隙中只见一只血肉模糊的手被抬起,手腕上的玉坠鲜红妖艳,刺得人眼睛生疼。

"打死它!快!"

人群中间,一声声嘶吼伴随着诡异的惨叫在昏暗中回响。

言欢走到莲生身旁,那人面色惨白、无声无息。

就在旁边,一个蓬头垢面的鱼状怪物在人们的棍棒下不断挣扎,扯得褴褛不堪的布下露出了长满鳞片的鱼身和人手般的鳍。

言欢将莲生交付给旁边的人，来到那个怪物身边，冷眼半晌突然抢过身边的人手中的木棍，狠狠打了下去。

一声沉重的闷响，一声尖锐的嘶鸣。

所有人都静止了。

这样的言欢，没人见过。

那个怪物在地上抽搐了一会儿，乱发后的眼睛渐渐聚焦，在看到眼前的人时蓦然冻结。

一时间，愤怒、痛恨全部积满双目。

还没等人们反应过来，那个怪物突然从地上跃起，张嘴便咬在了言欢的左手上。

乱发后的脸从眼前晃过，言欢却犹如电击，再无法动弹，那张脸……那是……

"阿欢！"人群大惊失色，呆愣了一下后所有的手都伸向了那个怪物。

它被人从言欢身上拖下，淹没在棍棒和咒骂声下，只留言欢跌坐在地。

至此，那个怪物再未发出任何声音，也再没有半分抵抗。

太阳完全升起时，它已经不能再动。人们停下，看着血泊中的那个怪物。突然，有人发出一声惊呼："那是什么？！"

众人循声望去，只见那怪物蓬乱的长发下，一颗白珠染血微红。

眼前又浮现出那个红色的身影，如鱼一般，悠游干净。

言欢抬起左手，却在看到手腕时猛然落泪。被咬的地方，一圈牙印尚依稀可辨，就附在那道伤疤上，严丝合缝。

她到底没狠下心，又一次救了他。

## 后记

心一下被揪住，眼前景象交织变换。
他仿佛看见瑟瑟风雨中，一个瘦弱男孩挣大眼睛在水中挣扎，拼尽全力。
那天，大风吹落满池荷花。他声嘶力竭，换来的却只有沉重的四肢。
身体不断下落，他想，也许这辈子就这么完了。
半梦半醒间，鼻尖有荷香扑来，一个红色的身影好像鱼儿一样陪着他。

往前
往前……

"怎么就忘你了呢？小鱼。"

人世间的一切所为和不为都是有代价的。

## 一生三梦，狐非狐
文/橘子红了 图/青鸦

**楔子**

妖的死亡，和人不一样，灵魂中五魄不散。

也就是说，在他们以后的生活中，我还存在。在他们卧室的房梁上，在春天的树枝中……有的时候，很难为情了，我就在芳菲的头发丛里。

这些，都不重要。

重要的是，我手臂上再没有那三颗痣了

## 1 三颗痣的来历

三界中，血统不完整的精魄，没有资格言说自己的种族，只能被称作妖。

我的母亲是某个种族纯血的传人，而我的父亲是人类。

他们的故事很老套，我的母亲看上了一个穷书生，委身和他同居。后来书生中举了，要娶一个卢姓的女儿为妻，我的母亲怎么都想不到自己耗费了一生精力去爱的丈夫，一朝金榜题名，投入他人暖帐春宵。

那一天，她决然离开。望着她的背影，摇篮里的我哇哇大哭，她一扭身，扔出三颗红痣，落在我左手臂上："我给你三次反悔的机会，当你想让刚刚发生的故事重来时，念念咒语，一切过去就会被抹去，一切新的故事就会重新来过。青梅，我希望你能幸福。"

直到母亲离开，我都不曾知道，我高贵的母亲到底是什么种族。

直到后来，房梁上的蚂蚁，枝桠间的花瓣，它们都唤我妖。

母亲走了，新进门的卢氏并不刻薄。

我十二岁那年，卢氏把我送到了镐京王氏家中，陪伴十一岁的芳菲。

我还记得那一天，正好是小暑第一天，王家大院的天井上直射下来的阳光，将芳菲整个人都笼罩了起来，像个仙子一样，一步步朝我跑来。

她梳着时下流行的燕尾，发带在身后飘起，发髻间的玉石环佩叮咚作响，身上鹅黄色的裙子甩出一个个漂亮的尾花。

"你就是青梅？那个有三颗可以让时光重来的红痣的青梅？"她的大眼睛里是如同清水一般流转的目光，干净简单。

她的手紧紧地抓着我的胳膊，我抬眸就看到她大大的笑脸。她望着我："青梅，我们以后就是好朋友了！"

我飞快地点点头，心里暗暗发誓，芳菲！芳菲！我们以后就是好朋友了！

芳菲最喜欢抓着我手臂上的痣看，然后闪动着她漂亮的大眼睛问："它们真的能让时光重来？你试过没有？"

每当这个时候，我总是宠溺地摇摇头："只有三个，用完就没有了。所以，我要节省啊。"

陪伴芳菲的那些日子，她除了跟随夫子学习，最大的乐趣就是想尽办法说动我让时光倒流。

"咱们哪一天一起试试吧？"芳菲手捧着一株桃花，身上是一袭阮烟罗的淡粉长裙。

今日她下了夫子的课，又来后院再接再厉，甚至偷偷折下了老爷最爱的十里桃花，只为了让我这个喜爱桃花的人能够被打动。

我好笑地望着她，伸手递上一块石榴糕，抱歉地摇摇头："芳菲，你还是赶紧想一想怎么避开老爷的怒火吧！我听闻这十里桃花，老爷是想要送人的。"

"啊！"芳菲诧异地吐了吐舌头，眉宇间闪过一丝着急，"真的吗？真的吗？"她连着问了两句，却又一屁股坐在旁边，嘟囔着嘴说道，"爹爹最疼爱我了！不就是几株桃花嘛。"

"要不然这样啦，你要是想试试，一定要告诉我。我想看看是不是真的那么神奇。每个人都有妈妈，不是每个人都能令时光倒转啊。"她早就忘记了桃花和老爷的怒火，巴掌大的脸上泛出圣洁的光，眼睛中射出神往的视线。

"我会的。不过，你可能记不住的。因为，只要时光倒流，所有的人都不记得原来的故事，只有我记得，所以，你可能不承认呢。"我不舍得再拂她的心意，认真地看着她说道。

"我相信你的，只要你说，已经时光重来了。我就信。"芳菲拍着手，脸上的喜悦遮挡不住，她就像是一个打了胜仗的将军，眉眼间带着骄傲。

后来，我经常和她玩"时光重来"的游戏。

我们一起在学堂听夫子讲课，读到《孟子》的时候，芳菲会皱起小巧的鼻子，眼巴巴地看着我说："青梅，让时光重来吧，我不想读书，让老师得病吧，这样，我们都不用读书了。"

我悄悄地拉着她从侧门溜出去，来到花园，然后告诉她："时光重来了，你感觉到了吗？刚才你在吃桃酥，我就念了咒语，叫你重新来过，一起到花园玩的，你记不记得？"

刚开始她还信，高兴得咯咯地笑。

后来，她变机灵了，每次都会抓住我，揪开我的衣袖，看那些红痣就知道了。

我的谎言就被戳穿了。不过，这些游戏，即便是假的，也叫人开心、快乐。

## ❷ 相遇

智修来到芳菲的家里，拜见姑母。芳菲被叫去和表兄相见，她叫我也打扮成丫鬟的样子，站在旁边相看。

智修的伯父是当朝大理寺知制诰智优，他和芳菲有"父母之言"的婚约。

智修穿着竹叶青的书生长袍，腰间挎青龙宝剑，器宇轩昂，眉目间隐含俊逸之气。他送给芳菲的见面礼是题有自己填的《蝶恋花》词的竹扇。

王老爷和王夫人神色淡淡的，主位上两杯热茶渐渐冷却，两人掀开杯盖，再度放下去，这样来来回回，给足了下首这个少年冷待。

我看得清楚，芳菲接过智修递过的扇子时，王老爷藏在袖口中微微下垂示意的手指，还有芳菲流转不定的眉眼。就连智修的亲姑母王夫人，也神色极淡地抿着嘴，不曾招呼智修上前细看。

芳菲行了礼，冷淡地站在旁边，听父母亲的对话。

"智修，芳菲你也见过了，你看，你家现在连吃饭都成问题，不如我退还你彩礼，你另娶一门门当户对的姑娘。芳菲，和你不合适的。"王老爷下巴上的胡子一翘一翘，再配上一双微眯的小眼，像极了画本里的人物。

智修的嘴抿得紧紧的，双手死死地攥着袖口，我甚至能够看到这个少年因为愤怒而克制不住在发抖的双腿。

智修沉默了好久，王老爷不耐烦地咳嗽了几声，冲着旁边的王夫人连连递过好几个眉眼。王夫人终于有了动作，她慢慢地站起身，从袖口抽出帕子，优雅地点了点嘴角，然后像一个仁慈的长辈那样，走到智修身边。

"智修，你别固执了，你连一间完整的房子都没有。我怎么舍得叫芳菲过去和你受苦呢……人生不如意处十之八九，你就认了吧。"王夫人紧紧地拉着智修的手臂，说着说着不由自主地流下热泪，啼哭声一时间充斥着整个客厅。

智修再也受不了地甩开了王夫人的手，看向两人的眸光中充斥着决然的恨意。那目光像刀子一样剜来，王老爷捧着茶杯的手不自在地颤了一下。

智修离开的背影暗淡萧瑟。

那一天晚上，在花园里，我平生第一次使用了"时光倒流"——重逢智修。

## 3 重逢

我特意穿上了芳菲送我的阮烟罗长裙，以往披散的长发也梳成芙蓉髻，拿一支玉钗绾在后面。我摩挲着手臂上的红痣，心里默念着，我要在智修前来王府的路上和他相遇。

镐京的街道上人来人往，但是智修那一抹竹叶青的身影我一眼就找寻到了。他目光坚定，身姿挺拔地在人群中朝我走来，他的左手紧紧地攥着青龙宝剑，而右手则小心翼翼地握着一把精致的竹扇。

我知道，那是他耗费心思准备送给芳菲的礼物。

我总觉得就连上天都是愿意我和智修在一起的，因为就在我痴痴地望着那个越走越近的少年，心中却不知该如何上前的时候，巷尾冲出来的那匹受惊的马，让我第一时间飞奔过去。

胸口被马蹄踩踏过后，犹如铜镜碎裂一般，很快我就在自己的口腔中感受到了一股腥味。

"姑娘！"智修惊魂未定地躲过惊马，眸光中带着深深的诧异，半蹲在我身旁，言辞间带着些微动容。

那一天，智修没有去成王家。

因为我告诉他，我叫芳菲。

智修的脸就像是鬼斧神工雕刻出来的一般，我最最喜爱的就是像摩挲手臂上的红痣一般，偎依在他的怀中，摩挲着他的脸。

我从昏睡中醒来，看到的就是智修长满胡楂憔悴的脸。他惊喜地望着我，结结巴巴地向我道谢。

我低了低眉眼，再抬头换上了一副忧伤的神色。我说："爹爹想要我嫁给大理寺少卿，我不愿意偷跑出来，要去找自小和我定亲的夫君——智修！"

智修先是惊讶，然后不可置信地张大了嘴，最后他的眼睛里疾速地聚集映满了可以撼动天地的情意。他失控地将我紧紧搂在怀里，周身的喜悦让他本就俊朗的眉眼越发惊为天人。

我躲在他的怀里，闷闷地说道：

"智修，你知道吗，我第一眼望见你，就知道是你！智修，那种感觉就好像是一眼万年一般，我从偌大的深宅中奔出，来到你的怀里。"

是的，我欺骗了智修。

那之后，我央求他带我离开镐京，在城外三十里处的月老祠成婚。那一晚，他望着我的眸光，就犹如从天落下的羽纱，温暖甜腻。

### ❹ 时光

这一切，芳菲并不知道。

我已经离开芳菲很久了，自从那晚重回时光，我和智修离开镐京已经七年有余。

再次见到芳菲，很令我惊讶。

那一天下大雨，智修和我去灵隐寺祈福。避雨的时候，我看见一位女居士端着上茶的托盘走过来。她脸色憔悴、肌肤晦暗，眉宇间有着说不出的疲倦，她竟是芳菲。

七年来，智修官运亨通，少年成名，先是举人，然后是进士，最近刚刚通过殿试。不要艳羡我的福气，这个不是人能够参悟的。

那一颗红痣，真的给我带来了快乐。

可是，红痣却没有办法改善我的血液，我们相守七年，我却无论如何都不能为智修育有一儿半女。我随着智修一路而来，不知走过多少深山古刹。

有些道行高深的师父，总是一副慈悲的目光看着我，然后深深地叹息，他们的叹息一声又一声慢慢地变成我心中的一道噩梦。

芳菲的父母因为科举作弊案受牵连被抄家了，打入大牢，她无家可归，只能寄居在寺庙。

智修并没有认出芳菲来。他只礼貌地朝她点点头，连望一眼她的兴致都没有。看着芳菲晦暗的背影，我突然想起那个在王家大院里，朝我跑来，玉佩环饰叮咚作响，脸上挂着明媚笑容的少女。

心，突然一疼。

不，这不是我要的结果。

我要智修认出她，爱上她，领她回家！此时的我尚且不知道自己到底爱不爱智修，也不懂让芳菲回家到底是因为那些少年时温暖的过往，还是内心早就屈服于那一声又一声的叹息。

总之，我又开始念了咒语。

我和智修一起告别方丈，在大门口，在一望无际的柳烟翠绿的大孤山下，芳菲孤单地站在一棵桃树下，面色泪痕未干。

智修很快就认出了那个站在桃树下的女子。他迅速地奔过去，抓住她的手："芳菲，你往哪里去了？"

经年已过，曾经天真烂漫的少女此时洗尽铅华，眸波流转间已是自有一股天成的妩媚："表哥，我……"

忍泪伴低面，含羞半敛眉的女子顺势依偎在智修的怀中。智修深锁着眉头，鼻息间萦绕着淡淡的桃花香，他忍不住温声开口：

"姑父姑母怎样了？我听说抄家了，你还好吧？不哭，不哭……以后表哥会照顾你的，走吧，我们回家！"

芳菲破涕而笑，早已不复见刚刚在寺庙中的死寂枯败，反而犹如一株桃花，灼灼其华。她的目光慢慢飘过来，和我相望，她美丽的大眼之中闪过一抹锋芒。

"表哥，你说的都是真的吗？可是……"芳菲望着我，又望着智修。

智修终于想起了身后的我，只是此时他看过来的目光中一片清澈，最深处甚至多了一抹厌烦。我突然有些难过，狠狠地低下头，就听到他的声音传来："当然是真的，家中的事我说了算，芳菲，你以后就和我住在一处吧！"

此时的智修，再也记不得那个自称芳菲的女子在大街上帮他拦下惊马；也不记得两人躲在残破的月老祠互许终身……

时光重来后，我变成他的妻子青梅，一个他遵从父母之命在家族落败之际迎娶的妻子。

## 5 第三颗红痣

芳菲被智修带回家的第二天，就被智修娶为平妻。

他没有征求我的意见，他此时的记忆中，发妻青梅，是当时为了挽救家族不得不娶的女子。

人世间的一切所为和不为都是有代价的。

母亲违背天命和凡人相恋,最终遭逢背叛,甚至连我都被牵连不能有种族,只能称为妖。

而时光重来的代价就是通过抹黑过往的记忆来重塑新的记忆。

一个人的时候,我静静地凝视洁白的手臂,以及手臂上唯一的一颗红痣,内心的悔恨彻心彻骨。

智修出外巡视的时候,芳菲请我到后花园饮酒。

她依旧喜欢鹅黄色和桃粉色的阮烟罗长裙,头上的乌发熠熠生辉,玉石环佩响脆叮咚。她一直劝我饮酒,待到一大坛桃花酿见底,我一个趔趄摔倒在地,身旁的桃花枝桠钩住衣衫。

就那样,我手臂上的一颗红痣被她一眼望去。

她十分好奇地望着我的手臂,笑呵呵地说道:"小时候曾听母亲说过,小县城中有一个书生曾经和一只狐妖相爱,后来书生惧怕狐妖另取了一人间女子卢氏。狐妖愤愤离开,留下三颗红痣给自己的小女儿。姐姐手臂上的这颗红痣妖艳如血色,不会就是那狐妖留下的吧!"

我苦笑了两声,却被她看破。她的眼睛里带着一抹疑惑和恐惧,蓦地蹲下身来死死抓着我,逼迫我讲另外两颗痣的去向。

我低低叹息一声:"芳菲,你真的忘记了我啊!第一颗痣,是在智修绝望时,我让自己出现在他面前,给他爱情,给他家,给他快乐。至于第二颗……是、是他殿试考试不顺的时候,我叫一切重来,他再次考试,凭借题目的熟稔,得了状元的称号。"

芳菲惊讶得掩面而泣,纯洁如处子一般,甚至紧紧地握着我的手。

这些话,有些真,有些假。

"你知道,智修是千年难遇的好男人,他一时的运道不济,但终究会否极泰来，官运亨通的。我怎么舍得把他放走？"

芳菲顺势坐在铺满桃花的地上，一下一下地转动着手里的酒杯。

白瓷的酒杯，透过微光，甚至将桃花瓣倒映在杯面上。

她的语气第一次低沉喑哑，带着一股从地下而来的阴暗，一时间好像有浓浓的大雾将人的视线蒙蔽。我听到她咯咯地笑出声："只有你死了，智修才能真正属于我。"

终于，还是说出来了啊！

我慢慢地坐起身来，伸手夺过她手中的酒杯，心头带着一抹惋惜。

芳菲这只杯子，是在毒酒中煮过的。

她的脸色越来越苍白，汗水渐渐浸湿白色的裙裾，我知道，报复的时间到了。

"芳菲，你一直都记得我，所以你把我的身世告诉智修，叫他疏离我；你趁我睡觉偷看到我还有一颗红痣，所以你内心惴惴不安，害怕我再次让时间重来，让你落魄无依，所以酿造断肠酒……呵呵，芳菲，你知不知道，我的第二颗痣，不是为智修赢得功名，而是叫你站在那棵桃花树下，叫你们重逢。"

芳菲的脸再次诧异，她气若游丝，慢慢地伸过手来如初见一般抓着我的手臂："青梅，我看见你给我用这只酒杯就知道你要让我死。我的一切都是你给的，我知道。但是，爱一个人的心真的很窄，窄到我明明记得十二岁时，你到我家，那个时候，我们多快乐啊……可是我还是忍不住想要你再也不要出现在他面前……青梅，你好好保重……"

芳菲的话语越来越虚空、孱弱，我原以为她会祈求我时光重来，就像她这些个夜晚，像水蛭一般蛊惑智修相信我是一只丑陋而孤独的妖。

可是，她没有。

看着她渐渐冰冷的身体，在我的脚边狼狈地落下，溅起了一朵朵嫣红的花瓣。

我突然非常后悔,迅速地捋开袖子,把手搭在红痣上,心里念动咒语。

一瞬,一切重新恢复到她刚刚进入花园,和我见面时候的场景。她清秀地一笑,拉着我的手臂一步步走向石桌。

一旁的婢女不小心将酒水洒在我的身上,几个小婢女手忙脚乱地胡乱拉扯着我的衣袖。我看到,她的目光随着一点点上升的衣袖,越发炙热。

然后,她脸色大变,因为我白皙的胳膊上,一颗痣也没有了。我故作不解地望着她,这个面若桃花,在我枯败的年少时光,给我快乐的女子。

她一直低垂着眉眼,一遍又一遍将那盏白瓷酒杯递过来,劝我喝酒。我想,她一定惴惴不安,猜想着我的痣哪里去了,我又让哪一段时光重来了吧。

我们都心事重重,没有饮几杯,我就眩晕了。

朦朦胧胧中,我看到那个苍翠刚健的竹叶青身影,是我的智修。芳菲像个孩童一样跑过去,依旧是熟悉的环佩叮咚。她嘻嘻笑着跑过去:"智修,智修!"

竹叶青的身影伶俐地闪躲过去,我听到智修迷惑又震怒的声音:"你是何人?你把我妻芳菲她怎么了?"

我的灵魂出窍了,站在半空中。

我看到芳菲讷讷了两句,随即落下两行清泪,她指着地上的红毛狐狸:"它、它刚刚把芳菲带走了,只留下一具皮毛,好恐怖……"

那具红色毛发的狐狸被智修拿走了,我看到芳菲若有似无地朝着我看来,然后又因为智修的呼唤飞快地跟上去。

"姑娘,你叫什么?"

"哦,我、我是芳菲最好的玩伴,我叫青梅!"

最后一颗红痣,代价就是智修想起了陪他患难的"芳菲",只是想起,却再不能相见。

## 尾声

后来好多年，我跟随着他们两个人。

智修慢慢接受了"青梅"，他们经年张贴着寻找"芳菲"的告示，他们最喜欢坐在窗前回忆着"芳菲"，每当这个时候，我总是忍不住钻进她的发丛间……调皮地吹上一口气，看着她阵阵发麻的头皮，忍不住咯咯地笑出声来。

是我自己不愿意相信，不肯信这世上无人愿待我以真心。

## 取心不娶我，差评！
文 / 查小姜　图 /DAZUI

## ❖①❖ 我以后就跟着你了

我拿着一枝桃花走过水潭边的时候,听到一些大妖指着我对小妖们嘱咐:"看到了没?就是她,她是妖界中的怪物,以后遇见躲远些,小心她吃了你。"

我很气愤,怎么可以这样说?不知道会教坏小孩吗?我扔了桃花,三两步走过去,还没开口,水潭边的众妖就散得一干二净。

"喂!"

我正沮丧着,身后突然冒出一个声音。

呀,有人搭理我了呢!我欢欢喜喜地应着扭过头去。看了三秒,我又默默地把头转了回去。

身后的少年兴许是被我的态度激怒了,他伸手扯了扯我的头发:"叫你呢,没听见吗?"

这是哪家的熊孩子没关好,这么没礼貌你爹娘知道吗?我怒气冲冲起身,想着好妖不与人类斗,我忍,我走。

少年却不依不饶地拦住我:"我迷路了。"

我翻了个白眼。

少年继续道:"我失忆了。"

我继续翻白眼。

"所以，我以后要跟着你了。"少年这话惊得我心肝儿一颤。从我记事起，所有的妖，见到我都恨不得避开三尺远。活了五百年，这还是我第一次听见谁说要靠近我。

我"嘿嘿"笑了两声，这个愚蠢的人类。没头没脑跑到妖精窝里就算了，不想着离开竟然还要和妖待在一起。好吧，就让他见识一下我们妖精的可怕！

我鼓起腮帮子，全神贯注地游走着身体里的妖气。我决定要变出原形吓死他。

一分钟过去……

少年一脸纳闷："你在做什么？"

我没理他。

三分钟过去……

少年不耐烦了："你还要这样多久？"

我恨恨瞪了他一眼，讨厌，马上就可以变出来了！

三分半钟过去……

少年伸出食指戳了戳我的腮帮子。我憋着的那口运转的气没了，现原形失败。

我那个怒啊，还差一点点就成功了！这五百年来，我一直在证明一件事，我也是有原形的。只要我可以现出原形，就能被妖界接受吧。他们，再也不会说我是怪物了吧？

眼看着新生活即将在面前展开，却被可恶的人类打断，简直是不能原谅。

"你家在哪里？是这个方向吗？"少年不等我发火，就自顾自地朝右前方走去。

笨蛋！那里是熊妖的地盘，你预备过去被他撕成碎片吗？我跺跺脚，忍不住追了上去。

### ❀②❀ 对我，美男计也不管用

我捡了一个人类。

晚上，我趴在石案上写下了今天日记的第一句，还没想好第二句怎么写，就有人在后面拍了拍我的肩膀。

"他们为什么很怕你？因为你特别厉害吗？"

我知道少年是在问我今天带他回来的路上，众妖闪避的事。但我现在没心情和他聊这个。我的眼睛一眨不眨地盯着他手里的水果。

那少年没有一点自觉，吃完了百香果伸手拿碧株果，吃完了碧株果伸手拿红桃。够了！再吃下去我没法过冬了！我怒火中烧地瞪着少年，想着他要是再吃一个我就对他不客气。

少年却把屁股朝我挪了挪："小哑巴，问你话呢？"

看着少年那副模样我就生气："你才是哑巴！"恨恨丢下这一句，我一个掌风熄了洞里的火，翻身睡下决定不理他。

可是不知是不是因为洞里多了个人的缘故，我怎么努力都睡不着，反而很多以前的事不住地朝脑袋里涌。

"怪物，怪物，她是一个怪物。"

"砸死她，砸死她，她是怪物。"

"救命啊救命啊，怪物追我啦。"

"娘，呜呜呜呜，娘亲，我疼，怪物要吃我。"

……

一幕幕，仿佛过往的五百年岁月又重新过了一遍。我胸口闷得差点喘不过气来，挥舞着手在空中挣扎半天，我才大汗淋漓地勉强睁开眼。原来不知什么时候我竟睡着了。擦擦额头的汗，我有些纳闷，好多事我已经不记得了，怎的在梦里又那般清晰？

这次醒了之后，是再也睡不着了。我索性摸索着起身，去了山洞侧面的一处水池边。

月光柔柔地洒在水面上，银白的光，静得好像呼吸都停止了。我小心翼翼绕过一丛铃兰，脱了鞋袜将脚伸入池中泡着。

"她是一个怪物，是一个怪物，怪物……"

梦里的话不断在脑子里回荡，"唉——"我一手拨弄着水，长长叹了一口气。

"怎么了？"

又是突然从背后出声，我摸摸胸口，开始考虑是不是应该丢弃这个人类。再这么下去，我要么被他吓死，要么，因为他吃光我的食物而穷死。

对了，忘了说了，我是一只素食妖，我只吃水果的。

"你来干什么？"我有些不高兴，这水池是我的独家领地，除了我之外还没有人来过，当然，也没有人愿意来。我像只突然被外敌入侵的小兽，龇着牙，大有一副你不离开我就不客气的架势。

可是少年并不理我，自顾自地坐到我旁边，看着月亮，半晌才幽幽开口："今晚的月亮真好看啊。"

这不废话吗？我这处地方的月之精华是最浓最纯正的。每月月中我都会来收集一瓶作为练功用的辅助药品。

"你对谁都是这么没防备吗？"少年突然问道。

我摇了摇头。

少年轻笑一声，伸手揉了揉我的发顶："傻瓜，我是来杀你的。"

我拍开他的手，我讨厌被人摸头，这让我很没有安全感。顿了顿，少年又道："可是，我现在不想杀你了。"

我站起身，甩甩脚上的水珠，抬头认真地看着少年，发现他真不是在说笑后，我飞快地在心里认定，他是一个神经病。如果不是脑子有病，怎么可能会想要来杀我？放眼整个妖界，除了两只妖，没谁能动我分毫。

我失去和少年交谈的兴致，想要回到山洞去。

少年却在我身后大声说："我想要风铃草。"

又是一个为这个来的。我没什么好气地回答："我没有。"

"我知道你没有。"少年这话倒是出乎我的意料，不过随即我有一种我被耍了的感觉，既然知道我没有还找我要，欺负我读书少吗？

"你帮我找风铃草吧。"少年一脸期待地望着我。

呵呵，当我还是那个肤浅的小妖吗？美男计什么的，才没有用呢！

※⑤※这小妖是我的，不许抢！

桃之夭夭，灼灼其华。

当三千桃林里的桃花齐开之时，远远望去像是蒸腾着淡粉色的云雾，缥缥缈缈，朦胧得让人忍不住怀疑是否处在梦境之中。

桃林的主人叫作桃姬。她是第一个接近我的人，那天，她乘着一片粉白色的云彩落下，素色的衣衫，腰间系着一条水色带子，头发松松绾髻，鬓角插着几朵桃花。

"娘亲！"我情不自禁叫出了声。

桃姬愣了片刻，点着我的额头轻笑："傻子，我不是你的娘亲，我还没嫁人呢。"

我仰头望着她，也痴痴地笑。在我以为我有家人的时候，我幻想过无数次娘亲的模样，她温柔、美丽、大方，会抚着我的头顶满含怜惜："乖孩子，我回来了。"

桃姬的出现让我第一次知道了想象与现实重叠是什么样子，我的心溢满了柔软，有什么东西在胸腔一荡一荡的，欢喜得不知如何是好。

可遗憾的是，桃姬到底不是我娘亲，或者，不是我想象中的娘亲。她五指成爪按住我的头顶，问我："风铃草在哪里？"

奇哉！怪哉！为什么最近老有人问我这个问题，我又没见过那劳什子东西，我怎么知道在哪里？可是桃姬不信我，带了我回桃林去，继续逼问。

然后发生了些什么呢？我记不得了。不知道是不是活得太久的缘故，对于过往,我总是模模糊糊记不清楚。

"你没事吧?"少年别扭的问话将我从过往的思绪中拉了出来。

"没事,"我淡淡道,"只是有些累了。"

最后,我还是答应了少年替他寻找风铃草。至于原因,我只是不耐烦地告诉他,我不希望再有人因为这事打扰我。

半个月过去,我的活动范围还限于山洞周边,但是和少年倒是混得极熟。我知道了他叫卿染,是外面叫什么天山门的弟子,他打着除妖的名义过来,暗中寻找风铃草。

"人还真是虚伪。"这是我听完卿染说的话后唯一的感慨,"想要风铃草直接说就好嘛,藏藏掖掖干吗?"

卿染点着我的额头:"真蠢!我没见过还有比你更笨的妖精了!"

我这辈子,最讨厌被人说我两样,一是我天生地养没人爱,二是我笨。卿染的话无疑戳中我的痛处,我扑身上去,嚷着要和他同归于尽。卿染也不还手,只一味躲闪,结果倒好,我俩一起绊倒在草丛里。

眼对眼,鼻对鼻。卿染的睫毛长长的,还往上翘,我心里忌妒的小火苗又升腾起来。可是还没等我拔掉他的睫毛,一个久违的故人就出现了。

"哟,小妖怪,三百年不见,你还找了个小同伴啊。"声音这么媚说话这么讨厌的,找遍妖界除了桃姬我也想不出第二个人来。

我"噌"的一下从地上爬起,拍拍衣裙上的草茎,毫不示弱地回望桃姬。可是望着望着,我的气势就弱了。

她还是那么美,一如三百年前的初见。这次她没乘云彩,而是拿着一枝桃花娉娉袅袅走过来。

"你……"我迟疑着开口,想说点什么却又不知道说什么好。倒是卿染给我长了面子,他对桃姬道:"你是何人?这小妖是我的,不许抢!"

卿染的话让我有一瞬间的脸红,他说的什么话啊,我什么时候成他的人了。

桃姬显然不把卿染放在眼里,随随便便一个掐指,幻化出一座桃林,卿染便被困在了里面。我有些着急,我不想卿染出事,毕竟,他是我的第一个朋友。虽然,他也是带着目的接近我的,但好歹没有做出伤害我的事,还陪了我那么久。

可是,无论我怎么努力都冲不进去。而里面,卿染的惨叫声越来越大。情急之下,我拉着桃姬的手臂:"你放了他,我给你风铃草。"

桃姬挑眉,说不出的风情万种。"你没有风铃草。"桃姬说得很肯定。我的心瞬间沉了下去,她怎么知道?

兴许是我的脸色太过明显,桃姬咬咬牙,有些不甘心:"果然是被他夺走了!"桃姬的脸突然变得扭曲起来,长长的染得嫣红的指甲掐进我脖子的皮肤里。我被掐得有些喘不过气来,我突然觉得有些丢脸,大概,我会是妖精史上第一个被掐死的妖精。

不知过了多久,桃姬突然松手,嘴角噙着一抹笑,在我脸上拍了拍:"原来是这样。"

桃姬的手冷冰冰的,一点都没有我想象中如娘亲般的温暖。在跟桃姬走之前，我回头看了一眼卿染，我有些抱歉，没有帮他找到风铃草。

### ❀❹❀ 绝招居然掉链子

桃姬把我带回桃林之后就没再管我，一头扎进她的小竹楼里不知在忙乎什么。反正她不怕我逃走，这桃林的幻阵厉害，我试过一次吃了苦头就没再尝试过。我老老实实在桃林待着，饿了就扯两片花瓣充饥，日子平静悠闲得我都快以为我只是换了个环境生活。

五日后，桃姬满面春光地从竹楼里走出来。桃林给她整个人镀了一层浅浅的光晕，远远看着，倒叫人错觉仙子下凡。

"跟我进去。"桃姬下令。我忍不住有些想笑，终于知道她为什么只能是妖而做不了仙女了。内心丑陋的人，外表再美也遮不住。

桃姬有些恼怒我的态度，干脆拉着我的手臂将我朝竹楼拖去。她走得又快又急，我腿上前几日闯桃林失败的伤还没好利索，被她拉得差点摔倒。

竹楼是用黄竹搭的，周围的装饰也都是竹叶做成，清静雅致，不太像桃姬的风格。

她看我站在门口磨蹭，迟迟不进去，没了耐心，使劲一推，我便摔进了楼里正中央的一个大桶里。伤口被水泡着，疼得我龇牙咧嘴。桃姬却如释重负一笑，说了声"好了"，又随手布置几个结界便走了。

这是在唱哪出？我疑惑，可是我也知道现在不是好奇的时间，救腿要紧，就算要死，我也不要以一个瘸腿妖精的模样死去。有人曾经说过我，长得不咋样吧还臭美得不得了。那略带宠溺的语气，在我记忆里已经淡得快记不住了。

我趴在桶里，鼻酸，自从三百年前就没流过的眼泪，突然通通往外涌，我靠着桶壁哭得昏天暗地。

神思恍惚间，我仿佛看到了一个熟悉的身影出现，一身竹色长衫俊逸非凡。"来，我带你走。"和三百年前并无分别的话，我抹着眼泪也伸出了手："师父。"可是握住的，只是一片虚幻。

"唉。"有人重重叹气。我泪眼模糊地抬头，差点吓得磕在木桶沿上："你、你……"我指着面前的少年，哆嗦着说不出话来。他这是疯了吗？跑到这里来干什么？

"我……"卿染犹豫着想说什么，桃姬却在这时候出现了，她拿着一方手帕掩口笑："哟，还真是重情义，为了这小妖怪都追到这里来了。"

卿染看着桃姬，表情瞬间变得凝重起来。

"放了她。"卿染说。

"那得看你有没有这个本事赢过我。"桃姬刚说完，就抽出腰间的水色腰带朝卿染挥去。

"小心！"我想喊，声音却卡在喉咙里。木桶中不知被桃姬放了什么东西，我泡在里面，先是四肢酸软无力，现在连开口说话都成问题。我感觉自己好像在一点一点慢慢融化，就像是雪女当初被妖皇责罚最后化作一摊水一样融化。

我很心慌，我必须要提醒卿染，桃姬的腰带是有毒的，剧毒！

咦，我为什么会知道这个？有什么画面从脑中闪过，可是，我还是什么都没想起来。算了不想了，现在当务之急是，帮卿染！

我有一样独门秘籍——离魂。不过我还一次没用过。

第一次生死攸关的时候，我万念俱灰，没想到全心信任的人待我好只是为了风铃草。那次是抱着必死的决心，所以没有用离魂。

我已经寂寞太久了，人生已经太无趣了，不如魂飞魄散干干净净的好。但是我没想到，师父竟然最后给我留了一丝魄体。他，终究还是不忍的吧。凭着这丝魄体，我用了两百年时间才勉强让自己可以独立行走看不出异样。两百年的苦，伴着三年相处的甜，我就这么晕晕地活着，也不知道自己活着是为了什么。

凝神静气，守心归一，我要动用离魂，将我的魄体从身体中抽离出来。我要救卿染！我知道桃姬的死穴在哪里，她从来当我是一个功力低弱的小傻子，并不防着我。三百年前我看了她和师父的大战，我知道她最在意的是哪个地方。

可是关键时刻这该死的离魂之术竟然掉链子，我念了半天咒语还是没有一点反应，反倒是我自己的身子，好像越来越轻了，被水托着，快要变成浮在水面上了。

等等，浮在水面上？这水是？

我惊得三魂五魄齐飞，桃姬是什么时候知道这个秘密的？

### ❺ 不是所有的对不起都能换来一声没关系

我的本体其实是一株风铃草，妖界中的圣物，同时也是皇权的象征。只是没人知道，五百年前，风铃草就从妖皇的宫中失踪了。那株草幻化成了一个少女，溜了出去，她说，她要自由。

五百年里，我走了妖界的很多地方，可是，我却觉得很寂寞。他们看不出我的本体，就一致认为我是个异类，一开始是驱逐我，后来是拿东西扔我，再后来是，远远地绕开我。

为什么会这样？我想了五百年都没有想明白这个问题。我只是很想要个朋友而已，很想像其他妖怪，有家，有玩伴。

桃姬为了风铃草，假意接近我，将我困在桃花林中百般折磨，是师父把我救了出来。他细心照料我，怕我伤心还抹去了我在桃林的记忆。

我们在一起三年，三年时光，我从未想过原来活着是一件如此开心的事。直到三年后，我软软瘫倒在他怀里，眼睁睁看着他动用禁术从我身体抽离我的魄体却无可奈何时，才明白，原来所有的推心置腹，所有的温柔相待，都是为了风铃草。

关于风铃草的事，我在之前就一五一十告诉了卿染。我也不知为何自己会那般信任他，也许是，那双同师父极为神似的眸子让我不自觉放下了心防。

卿染明明知道我没有利用价值还愿意来救我，我心里感动得很，自然也要拼尽全力去救他。他是我现在唯一的朋友，我不想失去他。

守心归一，守心归一，守心归一……

不知念了多久，就在我以为这咒语完全没效，打算放弃时，一根光柱却突然从我胸腔发出。当我发现自己能自由活动手脚时，高兴得不得了，我可以救卿染了！

可惜，我到底还是低估了桃姬。她在木桶周围设的结界不是为了防卿染，是用来困我的。即使我离魂，也还是逃不出去。

这结界手法，怎么这般熟悉？

我眼睁睁看着桃姬和卿染同时停下手，他们面带微笑朝我缓步走过来。

原来，原来竟然是这样。我笑，笑自己的天真愚蠢。

"凡圣物都有本心，先取本心，再取魄体，否则前功尽弃！"

师父当初哪里是大发慈悲留我一命，不过是最后魄体抽离时抽不出我的本心，还被神力反噬重伤，硬生生被散掉七百年功力，回退到十七岁少年模样。

关于这一段的记忆，虽然被师父抹去，但是还是有一星半点的漏网之鱼时不时蹿进脑海里。是我自己不愿意相信，不肯信这世上无人愿待我以真心。好吧，现在自食其果了。

我眨眨眼，看了桃姬和卿染最后一眼。

"对不起。"卿染对我比口型。

可惜，不是所有的"对不起"都能换来一声"没关系"。

圣物使用手册缺失了部分内容，凡强行抽离圣物本心者，将被圣物所噬，永困其中！

卿染和桃姬的脸渐渐模糊了我的视线。我动动嘴唇想要说句什么，但最后什么也没说出来，因为我实在太累了。

她也不过是听从天命，盛世而来，乱世而去。

## 借伞的不是许仙
文/葱白　图/鱼姬

### 楔子

夜色深沉,大殿里灯影幢幢,他端坐在龙椅上,昏暗中看不出表情。笔端的墨已干,他却纹丝不动。他维持这个姿势很久了。

突然,他笑起来:"阿罗,他死了,朕终于安心了!"烛光一闪,他脸上是状若疯癫的狰狞。

四周寂静,没有人回应。

他将笔一扔,回过头,对着背后的虚空,满目狂热:"阿罗,再不会有人来抢我们的东西。"

一室静谧,许久,似有谁重重叹了一下。他脸色大变,狂喜变成惊惧:"你要走?!"他猛地起身,脸色瞬间白如宣纸,"为什么?他都已经死了,你为什么还要走?!"

他缓缓跪倒在地,近乎哀求地痛哭起来:"阿罗,不要离开我……"

风声呜咽,阴云聚拢。

"呵呵——"他却又笑起来,带着绝望后的残忍,"就算你跑到天涯海角,我也一定会找到你。"

"砰——"窗扉洞开,狂风灌入室内。

只见金光一闪,有什么从大殿飞出,没入夜色,再寻不见。

## ◆1◆ 许仙

浅笙不会做伞。做伞的七十二道工序，浅笙背得滚瓜烂熟，可就算拼尽全力，她也做不出一把。

浅笙不会做伞，却喜欢伞，除了吃饭，她把所有钱都拿去买了伞。一到下雨天她就拿着几把伞上街，但凡谁没带伞就送给人家，送到最后往往连自己的也被送出去。所有人都说浅笙傻。

浅笙不在乎："我就喜欢看别人打伞呀，下雨天有伞，人高兴，伞也会高兴的呀。"

于是人们又笑："子非伞，焉知伞之乐？"

这时浅笙会梗着脖子说："就知道。"

浅笙送出去的伞不计其数，过路的行人、树上的鸟窝，甚至路边的花都收到过。但浅笙至今得到的回报也不过是一把破伞，破得不能再用。

那把伞是从一位书生那里得来的。滂沱的雨天，他站在断桥上，一动不动，手里的伞连最小的雨都挡不住。他执拗地打着，任凭雨水从破洞处流下，淋湿全身。

浅笙奇怪，走向他："公子，你要伞吗？"

书生一愣，低头，看到了浅笙。他微微一笑："我不买伞。"

浅笙摇头："送给你，不要钱。"

书生有些诧异。

浅笙又问："这把伞已经破成这个样子，你为什么还用？"

墨玉般的眼中是与年龄不符的沧桑，他淡淡道："聊胜于无。"

"那为什么不把它修好？"

书生明显一怔，却摇摇头："修不好了。"

浅笙笑了："不如交给我，我们白府的制伞手艺很有名的，肯定能帮你修好。"

"白府?"书生似是想到什么突然将伞收起,递给浅笙,"如此就多谢姑娘了。"

浅笙将自己的伞给他:"我叫浅笙,就住在清波门双茶巷的白府。"

书生道:"我叫许仙,在保和堂当学徒,改日一定登门拜访。"

### ❷ 青蛇

又是一个雨天,浅笙浑身湿漉漉地闪进门,刚想溜回房就被人喊住。

"回来了?"一身青衫的男人走进屋内,手里的药碗还冒着热气。

浅笙吐吐舌头:"师父……"

"这次又把伞给了谁?"

浅笙乐滋滋:"门外大树底下的小花!"

男人哑然:"小花只是只狗。"

"狗也会淋雨!"

男人叹了口气,往碗里添了勺蜜糖:"随你吧。"他将药递给浅笙,"只是以后也要为自己留一把,不要让我担心。喝完去换衣服。"

浅笙嘿嘿傻笑:"嗯!"

浅笙是个孤儿,眼前这个眉目舒朗的男人是她唯一的亲人,他们在十年前的一个雪天相遇。

彼时的浅笙衣衫褴褛地蜷曲在一堵墙下,青尧背着一把伞从她身边走过,三步后停了下来。

青色锦缎的靴子停在眼前,浅笙抬头,青尧举着一把伞,遮住了所有风雪。

"给你。"他将伞放到浅笙手中便转身离去。

浅笙将伞抱在怀里,跟在他身后。深雪及膝,小小的身子在雪地里跟跟跄跄，不依不饶。

青尧一开始并不在意，两个时辰后，他停住了。

轻叹一声，他走到她身边："我不是人，是妖。"指尖一点，浅笙身上多了件厚厚的棉衣。

浅笙惊呼，却依旧毫无畏惧地看着他。青尧无奈，良久，终是将她抱起："那你就跟着我吧。"

从那时起，浅笙有了一个师父，还有了一个新名字——浅笙。

青尧是只修炼百年的蛇妖，一朝化形，修成人身。十年时间，他带着浅笙在世间游荡，从不会在一个地方停留太久。浅笙曾问："师父是在找什么吗？"

青尧摇头："不是，只是看看哪里有需要帮助的人。"

"为什么？"

青尧拍拍浅笙的脑袋："当初若不是别人的帮忙，我也不会活下来。"

浅笙歪头："师父这么厉害，谁还能帮到师父？"

青尧望着天空，良久，淡淡道："一把伞。"

## 白家小姐

"青尧先生在吗？"门外突然传来女子轻柔的问询，还夹杂着几声咳嗽。

青尧起身："白姑娘请进。"

一袭白衣如雪，白素贞自门外款款而入，身形纤弱，面色有些苍白。

青尧示意浅笙看座，道："白姑娘来此所为何事？"

白素贞轻咳一声："月前宫里传来旨意，命白府做一把伞，如今伞已做成，但小女子技艺浅显，怕有什么疏漏，想请先生去看看。"

青尧刚要张口，浅笙却将茶重重放到白素贞面前，硬声道："师父还有好多活要做，没空！"

"浅笙。"青尧有些责怪。白素贞却笑了："先生的活我会让别人来做，浅笙也来吧。"

浅笙一撇嘴："我又不会做伞，才不去。"

白素贞莞尔："新近保和堂换了个问诊的先生，姓许名仙，说是与你认识，眼下正在府里。"

"许仙……"脑海里浮现出一个清瘦孤寂的身影，浅笙勉强点头，"好吧，我去。"

钱塘白府，举世皆知的制伞名家。尤其是白家小姐，技艺出神入化，无人能及。

传言白小姐制伞技艺原本平常，但十年前的某日，一道金光落入白府，第二日，白小姐就做出了府里最好的一把伞。白家自此日渐鼎盛，甚至还承担了皇室供伞的制造，只是白小姐的身体却弱了下去。人们都说，那是伞仙住在了她体内，她肉体凡胎，承受不起。

哼，不管有没有伞仙，浅笙都不喜欢白素贞。若不是她，青尧不会停下走了十年的脚步，在一座府里变成做伞的匠人。

浅笙曾问青尧是不是喜欢上了白姑娘。

青尧摸着从白家买来的伞道："我只是觉得这伞上的气息像极了当年救我的那把。"

"再怎么像也不可能大半夜跑到你头顶上替你挡什么天劫！"浅笙噘嘴，明明就是喜欢人家，非要找借口。青尧轻戳她眉心："小孩子瞎想什么。"

### ❹ 黄罗

"浅笙姑娘，可还记得在下？"

一进门，浅笙就看到了许仙。几日不见，那书生又消瘦了几分。

浅笙笑嘻嘻："记得。"她将怀里的伞递给许仙，"喏，修好了。"

伞面焕然一新，连断掉的骨架都被重新接好。许仙大喜："多谢姑娘。"

浅笙吐吐舌头："这是我师父修的，我不会。"

"哦？"许仙看向一旁的青尧，眉头微不可察地一皱。

白素贞道："这位是青尧先生，制伞技艺连我都自叹不如。"

许仙拱手："多谢先生。"

青尧点头："许公子客气。"

白素贞笑道："许先生虽为医者，对伞也颇感兴趣，这次就一同看看吧。"

白素贞双手一拍，一方足有半人高的梨花木大盒子被抬上来，放到了书案上。

白素贞打开盒子，将伞拿出来，缓缓撑开："就是这把。"

那把伞拿出来的时候，所有人都倒抽了一口气。

黄色锦缎裁剪的伞面是普通伞面的两倍，其上，盘龙飞腾，祥云环绕。以金丝银线为绣，羊脂白玉为骨，间或点缀着明珠宝石。华丽程度人间仅见。这把伞一出现，整个房间蓬荜生辉。

青尧面色有些发白，手微微颤动。这把伞他见过，化形那日就是这把伞突然出现，替他挡下了天劫。他心潮澎湃，连呼吸都急促起来。

"师父。"浅笙突然牵住他的手，神色复杂地看着他。

青尧回过神，平复下心绪，冲她笑笑："师父没事。"

白素贞问道："二位可觉得这伞还有什么不足之处？"

青尧摇头："已然登峰造极。"

"许先生呢？"

许仙赞叹："毫无瑕疵。"他垂眸，眼中却埋藏着深深的失望。

白素贞笑道："如此我便放心了。"她将伞收起，小心翼翼放入盒中。

"不知这伞何时进献圣上？"青尧问。

"三日之后，我将带此伞前往雷峰塔交于法海禅师，由禅师呈给陛下。"

青尧眉头一蹙，不明白为何要如此安排。无心细想，他又问："这把伞可有名字？"

白素贞淡淡一笑："黄罗。"

## 5 法海

三日后的清晨，白素贞带着黄罗去了雷峰塔。

青尧在房内彻夜未眠。听着门外的嘈杂声，他觉得那车轮仿佛压在了自己心上，不得安宁。

浅笙躲在房外从门缝里偷看青尧，一脸愁容。

那日看完伞后，青尧就一副心事重重的样子。

浅笙问他，那是不是救他的伞。青尧想了一会儿，摇摇头，面上是藏不住的惋惜："有形无神，不是。"

浅笙不懂有形无神是什么意思，但她不想在白府待下去，她想和青尧无忧无虑地过日子。

当晚，白府的马车返回，一众丫鬟仆人都回来了，唯独不见了白素贞。他们说小姐听法海禅师礼佛，要留在雷峰塔几日，青尧却存有疑虑，心内惴惴不安。

直到半夜，外面"砰"的一声巨响，浅笙从床上跳起，冲到门外。只见房门大开，青尧纵身一跃便化为一道流光，消失在夜色里。

"师父……"浅笙的心狠狠地沉了下去，眼中是从未有过的绝望。

夕照山上，雷峰塔高高矗立在山顶，不同于白天的宝相庄严，竟有些阴森诡异。

塔内,一点明火幽幽,照出了两个模糊的影子。

白素贞横躺在空中,已没知觉,她的上方,是那把黄罗。丝丝金线从黄罗中延伸出来,绑缚在白素贞身上。有什么从她体内流出,被吸到伞中。

周围寂静无声,突然烛影一动,塔门大开,一人携风闯了进来。

待看清眼前的景象时,青尧大骇:"白姑娘!"

青尧纵身一跃,只听一声佛号:"阿弥陀佛。"半空突然出现无形屏障,将他挡了回来。

青尧凝眸,阴暗角落处,一个和尚端坐在蒲团之上,宛若塑像。

"法海大师?"

角落中的人双手合十:"正是老衲。"

青尧心底发凉。

金山寺有一位法海禅师,相传他已三百多岁,年少出家,一生参禅悟道,得佛祖钦赐无言真经和天罗金钵,降妖伏魔,乃当世高僧。

法海的名字,妖界如雷贯耳,青尧也不例外。

"大师,小妖无害人之心,只想接我家小姐回去。"青尧不敢造次,手心已然冒出冷汗。

法海摇摇头:"阿弥陀佛,老衲只怕不能放人。"

双手紧握,青尧厉声诘问:"大师乃得道高僧,为何要行此邪术,摄人精气,残害性命!"

法海沉默不语,许久,他开口,声音里是难掩的痛楚:"若能以白姑娘一人性命换得黄罗出世,保住这天下,老衲就是永堕轮回,也无怨无悔!"

阵阵寒意涌上脊背,青尧咬牙切齿:"黄罗到底为何物,难道一条人命还不如一把伞吗?!"

突然,有人大喊:"就算是全天下人的性命,也比不上!"

黑暗中有个人慢慢走出,青尧定睛一瞧,竟是许仙!

## 6 天子

相传世间有把名为黄罗的伞，掌握天下运势。它停留在帝王身后，只有天子才能看到。

人们都说，黄罗出则天下兴，黄罗没则天下衰。

"得黄罗者得天下，区区一条人命又算得了什么？"许仙一脸漠然。

青尧冷下脸："我只知得人心者得天下，天下岂是一把伞能左右的！"言罢，他运起法力朝许仙冲去，想先将他制伏再来对付法海。

可许仙看着青尧，竟然不闪不避。他嘴角浮现出一丝冷笑，突然眉头一凛，一股强大的气息从他身上喷薄而出。

青尧身子一顿，竟然凭空停住。

内心深处涌起难以名状的恐惧，青尧突然跪倒在地，瑟瑟发抖。他清楚那是种族上的压制。

脑中白光闪过，青尧惊呼："真龙之气！你是天子！"

许仙抬手从脸上拂过，一张人皮面具被揭下，后面是一个男人清瘦的脸，虽已显老态，眉宇间却充满威仪。

他从袖中掏出一物，其状若碗，周遭咒言密布，在夜中散发金光。

青尧面色惨白："天罗金钵！"

天罗金钵，可收世间一切妖物。

"陛下！"此时，法海突然开口，"此妖本性不坏，望陛下不要再添杀孽。"

许仙看着青尧，冷冷道："我耗费十年才找到黄罗气息，怎能横生枝节？不杀他也可，但要废去他百年道行，免除后患。"

法海叹息一声，再不言语。

许仙抬手,嘴里念念有词,天罗金钵光华大盛,一飞而起将青尧罩住。这时,只听得外面一阵轻笑:"就算你杀了他们,也得不到黄罗。"

## 7 浅笙

她一直在思考自己存在的意义。千百年来,她站在那些帝王身后,看天下盛衰交替。

人们都说她掌管天下运势,她听了却想笑,她只是一把伞,如何左右得了天意,她也不过是听从天命,盛世而来,乱世而去。

她原以为会一直如此,直到这个朝代气数将尽,她顺势离去,却在一片竹林里发现了一条恰好化形的青蛇,一时兴起替它挡了天劫。

可就在那条蛇用充满感激、高兴的目光看着她时,她突然明白,一把伞最大的心愿也不过是替人遮风挡雨。

所以她第一次违抗天意,留在世间,跟在了那条蛇身边。

浅笙从门外进来,脸上带着陌生的笑意。

青尧不可置信地看着她:"浅笙?"

许仙愣了半晌,却大笑起来:"是你!竟然是你!"

"十年前,为了隐匿气息留在人间,我将内丹放进了白素贞体内,没想到,还是被你找到了。"

许仙难掩激动之色,他抓住浅笙的手:"阿罗,跟我回去,和我一起掌管天下。"

浅笙悲哀地看着他:"赵构,你怎么还不明白,黄罗从来都左右不了运势。十年前你杀死岳飞的时候就已经亲手把宋朝最后一点运势给抹杀了。"

"不!"许仙一脸愤恨,"那个逆臣,只想救回我父亲和哥哥,抢走我的皇位,他不死我怎能安心!"他指着青尧,满眼怨毒,"你若不跟我回去,我就杀了他！"

浅笙盯着他半响，却笑了："好，我跟你回去。"

言罢，她腾空而起，飞至白素贞身边。她面含歉意："受我内丹十年，苦了你了。"她在白素贞眉心一点，口中默念几句，一颗白珠从白素贞眉心透出。

浅笙一挥手，白素贞从空中落到青尧身边。她看着青尧，莞尔一笑："师父，这十年谢谢你，可惜，浅笙怕是再不能陪你了。"内丹一动，进入浅笙体内。

青尧心内涌起极大不安："不！"他想去阻止，然而还不等起身大地就猛地一颤。

一道光柱从浅笙身上直入云霄。空中突然传来阵阵雷声，有庄严的声音响彻天际："大胆黄罗，逆世而出，现降天谴于世间，以示惩戒！"

众人脸色大变。

浅笙仰天大笑，这就是逆天而行的代价！

狂风骤起，摧枯拉朽而来，雷峰塔在风中摇摇欲坠，整个夕照山都在颤动。突然，窗户大开，只见有什么从远处滚滚而来，裹挟着野兽般的咆哮，所过之处皆被夷为平地。

法海突然瞪圆了双眼，高声痛呼："西湖！"

"什么？！"许仙身子一晃，手里的金钵掉在地上。

只见西湖水排山倒海而来，将前方的房屋尽数淹没，人们尚在睡梦之中就命丧黄泉。

浅笙看着外面，满目悲悯。突然空中雷声大作，她抬头："终于来了……"

手臂般的闪电在空中渐渐凝聚，青尧面色一沉，这场景他太熟悉了，当初化形的天雷就是如此，只是眼前这个比化形时的强了何止半分。

他看向浅笙："浅笙……"

浅笙冲他微微一笑，冲出塔外。周身光华大盛，只见一把硕大无朋的伞出现在雷峰塔顶，将整座塔罩入其中。

"不——"绝望席卷而来，青尧撕心裂肺，"浅笙！"

白光刺眼，天雷当头劈下。只听轰隆一声，所有人都失去了意识。

那晚，钱塘发生了史无前例的浩劫，西湖水倾巢而出，淹没了大半个钱塘。整个钱塘尸横遍野宛若人间地狱。唯有夕照山上那座雷峰塔在这场浩劫中完好无损。

人们说，这是法海禅师的保佑。

但法海禅师在第二日就把自己关在雷峰塔中，并宣布，除非雷峰塔倒，否则此生绝不出塔。

而白素贞回家后完全不记得发生过什么，身子倒是好了，就是再不会做伞。

还有许仙，那位皇帝自此心灰意冷，整日沉溺在书画之中，不问政事。

至于青尧，钱塘再没人见过他，有人说他死在那场浩劫里，也有人说曾看到他在别的地方出现，身后背着一把烧焦了的伞……

兩相悦
LIANG XIANG YUE

"姑娘，约吗？在下是天下第一剑。"

## 天下第一贱侠

文/K君 图/唐琳（A2动漫工作室）

## 一 我乃天下第一剑

江湖传闻洛扶风的武器不是天下第一快的剑，而是天下第一贱的嘴。

盛夏正午，他骑着白马，手搭在腰间的秋水剑上，对一旁的武当道长耍起了贱："道长，咱们光天化日去暗杀艾沙克，恐怕……"

"哦？"武当道长认真听。

洛扶风抬手挡住烈日，忧国忧民地叹气："会晒黑。"

武当道长脸黑了。

"晒黑就约不到妹子，约不到妹子就会万念俱灰当道士……"洛扶风的眼睛追着迎面走来的一个羌人少女，"姑娘，约吗？在下是天下第一剑！"

少女吓跑了。

"看，晒黑的后果。"

武当道长拔出背后的太极剑要揍他，两个徒儿扑上来劝："师尊，咱们打不过呀！"

洛扶风已经一夹马腹，追着另一个过路女郎喊："嘿，姑娘，约吗？在下是天下第一剑哦！"

"简直污了'天下第一剑'的名号！"武当道长含恨长叹。

路旁有一个小茶摊，一干中原高手又累又渴，进去喝茶。洛扶风要了一壶一文钱的"雨前龙井"，茶水上来，他皱起形状好看的剑眉："雨前龙井应该汤色碧绿，入口回甘，"他喝一口黄褐色的茶水，"噗"地喷出来，"涮锅水？"

"一文钱的龙井茶，就是涮锅水味。"小二斩钉截铁。

"洛大侠，喝完赶路要紧。"有人劝。

洛扶风捋起袖子，把秋水剑往桌上一搁，开始犯贱。

"这不是茶的问题，这是做人的问题……"洛扶风滔滔不绝，从一杯涮锅水味儿的龙井茶说到国家安定社稷兴衰。

小二脸色绿得发黑，一掌拍在桌上："我杀了你！"

桌子"砰"的一声散架，茶碗摔碎了。小二从腰间抽出一把软剑，朝洛扶风当头劈去。洛扶风鞋子一抬，把地上的茶碗碎片踢向小二的脸，然后翻身跳出椅子，一手拔出秋水剑："还打人？"

忽听"哗啦"一声，武当道长将茶碗拂落，自己从椅子上摔倒，口鼻流血："茶里……有……毒……"

一干中原高手，除了洛扶风已经纷纷倒地。茶馆里的掌柜、厨娘、帮厨也拿出武器。

中埋伏了！

洛扶风提起真气，正要出招，忽然觉得脑子发晕。

他喝了一口茶，虽然吐出来，却仍旧有一点儿流进喉咙。

"兄弟们，劈死这个贱人！"

洛扶风手腕一抖，秋水剑卷起一道惊虹，霎时天地间所有的光线都似被秋水剑吸纳，然后千百倍重新放出。小二被光芒淹没，倒地身亡。

"你们是……艾沙克的人？"洛扶风道。

"汉狗，敢刺杀艾沙克大人，你死定了！"掌柜用蹩脚的汉语道。

洛扶风晃晃头，顶着越来越重的眩晕感再次出招。

这三个人的武器，分别是鞭子、枪、环首大刀，都比秋水剑长。然而秋水剑轻灵，削铁如泥。只要秋水剑在，洛扶风就不会败。

半个时辰后，三个羌人死了。

洛扶风跪在地上，大口喘气，手臂后背全是伤。

他的秋水剑已经卷刃，剑尖滴下嫣红的血。

"道长，道长……"洛扶风走到武当道长身边。武当道长身体冰凉，没有呼吸。

"王前辈……"

"赵姑娘……"

"人生……真的是寂寞如雪啊……"

草草掩埋了同伴的尸体，洛扶风带着秋水剑离开。他不确定还有没有埋伏，走得很谨慎。但头脑的眩晕感越来越重。终于，他倒在林间小路上，失去了意识。

## 二 还钱还钱还钱！

洛扶风睁开眼，发现自己在一间简陋的屋子里。

灯光幽暗，一个少女坐在旁边，用面巾替他擦脸。少女十五六岁，眉似淡烟，眼似星辰。

"姑娘……约吗？"洛扶风虚弱一笑，"在下天下第一剑。"

少女伸出两根手指头。

"过夜一百文，金创药纱布七十五文，老娘伺候你二十五文，共计两百文。掏钱！"

洛扶风一哆嗦，急忙摸钱包，钱包没有了。他变出一张温柔笑脸："谈钱多俗气！姑娘你生在穷乡僻壤一定没见过帅哥，我让你看两眼，抵二百文……别打别打……我真没钱！"

少女拿起洛扶风的秋水剑，两手握着两端，膝盖一顶中间。剑"铮"的一声断了。

"我的剑！"洛扶风惨叫。

"不还钱，这就是下场！"

"我的剑是天玄子大师铸造三年才打出来的，轻如鸿毛削铁如泥……你赔！"

"赔你大爷！"少女举起白嫩的小拳头，"还钱！"

"敢对我动手？我是天下第一剑……哎呀呀疼，疼！救命啊！"

少女天生一股怪力，打人毫不留情。洛扶风没有秋水剑，自觉是老虎断了牙，飞龙折了翼，束手就擒无力反抗。

"我叫初萤，是这间客栈的掌柜。"少女一脚踩在床上，拇指蹭蹭鼻子，"管你第一骚第一贱，没钱干活抵债！"

"你弄断我的剑……"

初萤捏紧拳头。

洛扶风住口。

"你的剑我保管，还完债，再给你！"

初萤昂首离开。洛扶风缩在被子里，摸摸被拧红的耳朵，又伤心又茫然。他没剑、没钱、孤身一人，怎样才能替道长报仇？

第二天，初萤踢开门："贱贱，起来劈柴。"

"我叫洛扶风！"

劈完柴。

初萤道："疯贱，去把客房扫了。"

"……你还是叫贱贱吧。"

一天下来，洛扶风把客栈打扫得干干净净，然而连个鬼也没来。傍晚，初萤端来两碗掺着野菜的稀粥。洛扶风道："掌柜，我辛苦一天了，不说吃鲍鱼龙虾，你好歹做碗鸡汤面啊！"

"一天没客人，喝粥我都嫌贵！"

"你这地方这么偏，装修又寒酸，我是客人我也不来……你卷袖子干吗……救命，别打了……"

初萤教训完洛扶风，站在客栈中，抬头看着破败老旧的屋顶："这间客栈是爹娘留给我的。再穷再苦，我也要把客栈开下去。"

看着初萤认真的脸，洛扶风心情复杂："我可以帮你。等客栈客人多了，你得把剑还我，还得借我一笔盘缠。"

"你有什么办法？"

"第一，在官道旁弄个茶水点，涮锅水当龙井茶，一壶卖他十文钱；第二，咱俩穿好看点儿，男客你接待，女客我接待，谁不花钱就用鄙视的眼神瞪他……"

"贱贱，你好聪明！"

洛扶风叉腰大笑。

第二天，两人到附近镇上采购东西，洛扶风买了两个小灯笼。

"贵死了，不准买！"初萤道。

"买，有用。"洛扶风道。

初萤不情不愿地付了账。回到客栈，洛扶风搬出梯子，把两个小灯笼挂在客栈门外。灯笼点亮了，红红的光晕在夜色中温暖美丽。洛扶风站在梯子上，扬扬得意地自我吹嘘一番，低头看初萤。

初萤的眼睛被灯笼照亮了,脸蛋上充满单纯的喜悦。她两手交叉握着放在胸前,在灯笼的光晕里对洛扶风笑道:"贱贱,你一定是上天派来拯救我的!"

洛扶风耳朵发热,咳嗽两声:"好啦,等客人上门吧!"

## 三 没有剑的剑客

客人果然零零散散地上门了。

初萤当厨子。洛扶风身兼账房和跑堂,忙得转不过身。幸好他内力深厚,头顶、肩膀、胳膊、掌心同时端七碗汤也一滴不洒。

这天打烊后,洛扶风对初萤道:"初萤,咱们当初约好的,客人一来就放我走。"

初萤一愣,定定地看着洛扶风,漆黑的眼睛睁得很大:"不准走!"

"做人不能言而无信。"

"反正不准走!爹娘死后,我一直一个人。你一走,我又变成一个人了。"初萤眼圈泛红,咬着嘴唇,"你非要走,我不借你盘缠!"

原来只是心疼盘缠。洛扶风心有些凉:"不借盘缠也罢,你把秋水剑还我。"

"不还!"

"你……"

初萤鼓起腮帮,眼睛水光闪闪。

"好,我不要盘缠,我也不要秋水剑。"洛扶风朝客栈外走,"当我洛扶风交错朋友,信错人了!"

初萤站在原地,十指相互捏紧,大声道:"死贱贱!臭贱贱!走了就别回来!"

洛扶风头也不回。

这天晚上,洛扶风在树上睡觉,思考出路。

还是得回去拿秋水剑,没有剑的剑客打不过任何人。他得修好剑,才能杀艾沙克,替道长报仇。

天亮后,洛扶风硬着头皮回客栈。

大清早,客栈门紧关着,门外两盏灯笼还没熄。

这太不符合初萤小气的性格了。

洛扶风心中不安,轻轻敲门。

大门开了,初萤肿着眼圈来开门:"不是说了,走了就别回来。"

"我回来拿我的东西!"

"你已经不是客栈的人了,要进门,除非给钱!"初萤张开双手拦住大门。

"赵初萤,你不要太过分。"

"我就过分!实话告诉你,你的剑我已经卖给铁匠铺了,按废铁价格卖的,你去铁匠铺找你的剑吧!"

洛扶风血往头上涌。初萤竟然如此贪财,他后悔自己回来受辱。

忽然,门内有人道:"来者是客,掌柜何必赶人呢?"

这话说得字正腔圆、一丝不苟。在羌人地盘上听到如此标准端正的汉语,实在怪异。洛扶风顿生警惕。

初萤朝洛扶风摇摇头,用口型道:"快跑。"又扭头道,"客人你不知道,这个人早上不刷牙晚上不洗脚,让他进来,一定会弄脏您的住处!"然而下一刻,一只手掌按着初萤的肩。

这只手掌非常大,好像蒲扇一般,粗大的骨节凸出,十分骇人。

那手掌朝后一拉,初萤便跌进客栈里。随后一个铁塔般的大汉从门框里探出半个下巴:"这位客人,进来吧。"

洛扶风的心脏怦怦直跳，一刹那想逃。没有剑的洛扶风连初萤都打不过，更何况这个巨人般的大汉？

嘴里说着"多谢"，洛扶风强作镇定，走进客栈。

大堂里坐满了羌人士兵，放肆地喝酒吃肉。众人中间有一个褐色眼珠、鼻子很高的异族少年。那少年皮肤极白，容貌极美，可惜是一个残废，坐在轮椅上。

霎时，洛扶风几乎叫出来——艾沙克！

羌人进攻中原的秘密武器——精通攻城器械的天才少年艾沙克！

为什么艾沙克会出现在荒郊野外的客栈中？

"既然来了，就别往外赶。"艾沙克微微一笑，汉语标准至极，"是吧，中原人？"

初萤赔着笑脸，把洛扶风拉进厨房："蠢货，干吗不跑！"

"我总得问，你把秋水剑卖进哪个铁匠铺了？"

"你还惦记剑！"初萤跺脚，"你知不知道那是羌人军队！他们不走大路走小路，一定是为了护送什么秘密人物。为了防止泄密，沿途遇到的人都要杀死！我爹娘就是这样……被害死的……"

"你赶我走，是因为这个？"

"早知道就把破剑还你！"初萤一擦眼泪，"我拿你的破剑去铁匠铺接，那死胖子竟敲诈我一两银子，一两！"

"你把秋水剑……接……接上了？"洛扶风惊喜得语无伦次。

"你连我都打不过，想打那些人？"

洛扶风笑而不语。

初萤低下头，忽然轻声道："贱贱，你成婚没有？"

"没……没成婚。"洛扶风脸皮陡然发热，掩饰般飞快地道，"大敌当前不要光想着泡帅哥！待会儿你上楼，把秋水剑扔给我。"

"干什么？"

"相信我，我可是天下第一剑。"

初萤点点头，走出厨房悄悄上楼，洛扶风也回去扮演殷勤的跑堂。

羌兵吃饱了，收拾东西准备走。铁塔大汉推着艾沙克的轮椅。艾沙克抬起手掌，轻轻按下："灭口吧。"

一个羌兵拔刀朝洛扶风砍来。

洛扶风连连逃窜，惨叫道："初萤，我的剑！快给我剑！"

初萤趴在二楼栏杆上，将青布包裹的秋水剑丢下来。洛扶风一握住缠着五色棉线的剑柄，便觉力量和信心又回到体内。他甩开包袱皮，一脚蹬在羌兵胸口，把羌兵蹬得倒飞出去。

"艾沙克，你杀了中原武林数十前辈，今日就是你的死……"洛扶风手掐剑诀，秋水剑横在胸前。

断剑连接的地方，是一个很丑的铁疙瘩。

洛扶风嘴角一抽，把台词说完："……期。取你性命者，天下第一剑洛扶风！"

"洛扶风？""平生未尝一败的洛扶风？""真的是洛扶风？"羌兵中响起议论。

铁塔大汉道："挡住他！"随后从轮椅上抱起艾沙克先逃。

洛扶风哪里容得他走，秋水剑光华绽放，宛如九天之上星河倒转，霎时从人群中劈开血路。洛扶风追到铁塔大汉背后，一剑笔直刺向大汉后心。

大汉分出一只胳膊回身阻挡，胳膊上套着布满突刺的铁袖套。薄薄的秋水剑撞在铁袖套上，"叮"的一声断了。

洛扶风傻眼了。

艾沙克微笑："没有剑的天下第一剑？"

洛扶风心虚胆怯，两腿发抖，握着断剑不知往哪儿逃。

"杀了洛扶风，赏金千两！"艾沙克道。

羌兵吼叫着冲向洛扶风。洛扶风冷汗涔涔，心里不停地想："我不行的……没有剑，我赢不了。"他转身就跑，又被羌兵逼回客栈。

洛扶风抬起头，看见二楼楼梯上，初萤正被一个羌兵掐着脖子。他心脏一紧，想也不想把手里的断剑丢出去。断剑如同一道流星，钻进羌兵后心，羌兵倒地气绝。

初萤满眼泪水地站起来，惊恐无措地看着洛扶风。

洛扶风看着那双泪眼，心里一恍惚。

## 悟而不敢败

洛扶风刚学成剑法，准备闯荡江湖时，师父曾叹息：

"你不适合练剑。"

"为什么？"

"剑是君子之器。你秉性轻浮，悟不到剑意中的冲和厚重之意。"

"那怎么办？"

"等你有了真正想保护的人，自然就会稳重下来。"

年少的他听不懂，只是自得于快意恩仇、鲜衣怒马的江湖岁月。他有名剑傍身，什么都不怕。但是这一刻，看着初萤的泪眼，他忽然感到强烈的恐惧。

"如果我败了……"洛扶风想。

忽然一把刀从背后砍来，洛扶风一弯腰，刀贴着他的脊背掠过。他回身一个扫堂腿，那人摔倒在地。洛扶风夺走那人的佩刀，心被强烈的恐惧占满了："如果我败了……初萤也会死！"

他大吼一声，迎着面前的羌兵杀过去。

刀和剑差别很大，过去熟悉的步法、招式、技巧都不能用。他只能临场发挥,见招拆招。

每挥一刀,都是走钢丝搏命。

他不去想生死,不去想胜败,他把全部的心神放在刀上厮杀。

刀感到他的紧张,微微鸣颤着。

铁塔大汉举着大刀当头朝他劈下。洛扶风没有格挡,而是俯下身体,借着比平常人快几倍的速度把刀抡成一个圆。浑圆的刀光宛如小小太阳,从洛扶风手中诞生。太阳边缘从大汉的小腿上擦过。大汉的小腿断了。

此时,后背、左侧、头顶同时袭来三道劲风。洛扶风把刀从左侧往头顶划一道弧线,挡开左侧、头顶的两道袭击,同时扭转身体,张嘴咬住第三道袭击。

这是洛扶风从未有过的搏命恶战。

他害怕极了,宁可死,不敢败。

残肢和鲜血染红了客栈的地面。

洛扶风也挂了彩。

终于,洛扶风大叫一声,把卷刃的刀锋刺进艾沙克胸口。

艾沙克目瞪口呆,随后软软地歪倒在地上,失去呼吸。

初萤哭着跑下楼,扑进洛扶风怀中。

洛扶风两手脱力,几乎无法抬起胳膊拥抱初萤。他活动着因为过度恐惧而咬紧的牙关,柔声说:

"根本不值一两,咱们去铁匠铺……把钱要回来!"

两天后,洛扶风带着艾沙克的人头回中原复命。

同年九月,中原军队打败羌军,收复被羌人占领已久的土地。

当年冬天,初萤的客栈外面落了雪。这儿已经不像当初那么荒凉,逃避战乱的农夫回到家乡,把土地重新耕种起来,商队也恢复往来,初萤的生意越来越好。

这一天,小路上走来一个人,他骑着白马,右手搭在腰间的秋水剑上,俊俏的眉眼永远带着三分笑意。

"姑娘,约吗?在下是天下第一剑。"这人很不正经地对初萤道。

"约就约,谁怕你!"初萤叉着腰,这样回答。🍀

小舞，你走了六年，把我们都忘了。

## 将军！说好的高冷呢

文/海德薇莉 图/唐琳（A2动漫工作室）

## 一 皇宫里的人都是自来熟！

叶家盗宝心法第一条——人靠功夫运靠天，出门必先抽个签。

"这是出门就要扑街的节奏啊？"玲珑啪地掰断那根下下签，"管它呢，不到皇宫焉得宝贝。"

玲珑如此奋不顾身的原因还得从三天前说起。

"师父，来吃鸡。"

"你这抠门丫头，怎么舍得买鸡孝敬我了？"叶飞啃着鸡腿说。

"我才不会花钱呢，拿你那幅母鸡游泳图换的。"

"什么眼神，那是鸳鸯戏水好吗？你拿我的画就换了一只烧鸡？就一只？！好歹我也是江湖有名的神偷。"

"专业技术好不代表艺术造诣高啊。"

"哼，不吃了！为师心塞。"叶飞丢下一堆鸡骨头扬长而去，三天没跟玲珑说话。

身为徒弟，玲珑自知理亏，决定去皇宫寻点宝贝讨师父欢心。只是今日宫里不知怎的突然聚集了很多侍卫，他们手持火把列队站好。提灯的太监神色慌张地对一个锦衣男子说着什么。玲珑悄无声息地在殿檐上移动，猫身将自己隐于阴影中。

"宫女说是凭空消失的。"

男人冷淡地应了一声,看背影就知道有多高冷。那太监又补上一句:"少将军,这事还真说不准。想当年岳丞相之女不也是……"

"公公是想让我把这话说给皇上听?"男人突然打断太监的话,语气相当不悦。

太监脸色煞白,扑通跪在地上哆嗦着说:"不不不,奴才年岁大了,一时失言请将军恕罪。"

人家公公不过是八卦了点,至于这么凶吗?玲珑趴在房顶开起了小差。忽然一阵杀气袭来,高冷男已跃上房檐,剑尖直指她的咽喉。

"别别别!我投降。"

"什么人?"

"嗯……路人甲?"玲珑眨了眨眼,看着近在咫尺的宝剑夸赞说,"哇,你这剑穗不错啊,看着就值钱。"

"帽子摘下来,别耍花样。"男人冷冷地说。

玲珑乖乖摘了遮脸的帽纱,男人瞬间愣住了,那表情真是风云变幻。玲珑觉得自己也不至于丑得让人窒息吧,她趁机把手伸到暗袋里。

"你……"

"大哥,我脸上有鸟屎吗?你看得那么入迷。"显然对于玲珑粗鲁的说话方式,男人有些反感,他皱起眉,剑却收了回去,伸出手说:"跟我走。"

"没门。"这会儿不用损招更待何时,玲珑掏了把胡椒粉扔向男子。在她闪入一处偏僻院落时,还能听到要命的咳嗽声。

玲珑刚缓了口气,就听到不远处飘来女人的呢喃声,仔细听却是首婉转的江南小曲,这半夜三更不睡觉唱什么歌啊,扰民不说还怪吓人的。

玲珑好奇地走过去，见一女子披散着长发坐在石凳上。

"皇上总叫人家夺命小兰兰，看一眼就迷得捂胸口，怪不好意思的。"说着，女子捂住脸扭捏起来。

传说皇上爱给人起外号，没想到起得如此销魂。眼前的夺命小兰兰一定就是曾经备受恩宠的兰妃。玲珑听师父提过，他捡到自己那年宫里出了事，宠妃兰若被打入冷宫。

兰妃看到玲珑惊讶地迎上来说："你还活着……"

"你们宫里人都是自来熟，见谁都一副老相识的样子。"

"你不记得我了？"女子很是诧异。

"夺命小兰兰嘛，全京城的人都知道。"玲珑没有过去的记忆，对于能不能找回它并不在乎，反正自己现在过得逍遥自在。

"你叫什么？"

"名字比不上你，玲珑而已。"

女子笑得花枝招展，眼中已现疯癫之色："好一个七窍玲珑。真羡慕你，撞坏脑袋反倒活得自在。"

玲珑刚想争辩就见院外有火把的亮光，她暗觉不妙。

"罢了，既捡回条命便是福气。快走快走。"兰妃扬扬手，继续沉浸在小兰兰的光鲜回忆里。

宫里到处人头攒动，像是倾巢出动要把皇宫翻个底朝天。慌乱之中玲珑迷了路，见眼前几间厢房没有光亮便推门进入。

"喂，有人吗？"玲珑蹲在漆黑的屋子里轻声问，半晌没人回答。要是叶飞知道她是用这方法分辨房里有没有人，一定会把她逐出师门。

玲珑贴在门边聆听外面的动静，可是意想不到的事发生了。漆黑的室内突然响起细小的刺啦声，烛台被点亮。

"鬼啊啊啊啊——"两个声音一起喊起来。

## 二 好一个年轻俊秀的美和尚啊!

"女鬼,不要过来!小僧……小僧乃……乃相国寺住持染灯,念个咒就能收了你哦。"说话的人是个年轻和尚,正缩在墙角手里举着烛台打着哆嗦。

"你才是鬼呢!我差点儿被你吓死。"玲珑也吓得瘫坐在地上。

"原来是位女施主啊。"染灯松了口气。

"我以为住持都是老头子呢,没想到还有像你这么年轻俊秀的。你来宫里做什么?"不是玲珑乱夸,染灯眉眼清秀唇红肤白,即使剃了秃头也是个标准美少年。

"小僧略通经文,来与皇上论经。"染灯微微红了脸。

"那岂不是高僧的待遇啊,很有'钱途'。这一趟肯定能得不少赏赐,回去盖座金庙。"

"姑娘真是爽直之人。"染灯抹了把汗。

这时有人轻轻叩门,玲珑不免紧张起来,忙冲和尚摆手。

"三更半夜,何人来此叨扰?"染灯示意她不要出声。

"染灯住持,是皇上差我来的。"

染灯起身,轻声说了句"少安毋躁"便开门离去。玲珑藏于窗下,听到渐行渐远的脚步声,悬起的心暂时落了地。她借着烛火打量这间禅室,一个玉瓶引起了玲珑的注意,那是个暗室机关,商贾家惯用的藏宝手法,没想到宫中也是如此。

这时，屋里响起奇怪的咕噜声，玲珑循声摸到书案边，发现声音是从墙里传出来的。她敲了敲墙面，内里并非实心。玲珑旋转玉瓶，一道暗门无声开启，借着烛光，玲珑看到空荡荡的密室里只有一个被铁链困住的少年，一双圆眼瞪着她。

玲珑说："你别乱出声。"少年像只小猫一样乖顺地点点头。

"饿死啦，啊啊——"玲珑刚替他拿掉塞嘴的布，少年就叫了起来。

玲珑连忙捂住他的嘴，威胁说："叫屁啊！"

"咕——"

这声音在密室里显得格外响亮，少年尴尬地红了脸。

"你饿鬼投胎啊。"玲珑摆弄了几下铁链发现异常坚固，一时无法解开。

"有水晶糕吗？没有的话，绿豆糕也凑合。不然包子也行！"

"只有胡椒粉，吃吗？"

"那还是算了……"

"你不会是皇子吧？"玲珑隐约觉得这位身着华服的少年和今晚宫中异动有关。

"我排行老九。"九皇子关祁是皇帝最宠爱的儿子之一。

这时，少年借着微光看清了玲珑的样貌，突然激动起来，锁链发出清脆的声响，吓得玲珑连忙按住他。

"……小舞？真的是你！我就知道你没有死。"

玲珑觉得这偌大的皇宫里装的全是怪人。

"秦烈哥要知道你回来他一定开心死了。"关祁还在喋喋不休地说着，可玲珑没工夫听他唠叨："先回答我，谁把你关在这儿的？"

"我只记得半夜起来找吃的，眼一黑就在这里了。小舞，快带我出去，再不吃东西我要升天了！"

"你自由地飞升吧。我不是小舞，我也不认识你。"

少年见她真不是在开玩笑，沮丧地扁了扁嘴说："你走了六年，把我们都忘了。"

今晚本就很倒霉，现在还遇到个神神道道的饿货皇子，真是应验了那根下下签。说到宝贝，玲珑瞥见关祁腰间挂的玉佩，莹润的羊脂白玉绝对是上品，她脑筋一转说："不然咱们做个交易。你把这块玉给我，我想办法救你出去。"

"这是父皇赏赐给我的。"

"不给？那你继续饿着吧。"

"等等！你自己拿，我手够不到。"

"这回可赚翻了。"玲珑开心地把玉佩收进怀中，却发现自己的香囊不见了。

"你怎么像个贼似的，见到好东西眼睛就冒光。你以前视财宝为浮云的。"

"那肯定不是我，这年头谁跟钱过不去啊。这铁链很结实，我得找件利器砍断它才能救你。"

玲珑听见有脚步声靠近禅室，她连忙撤出暗室，并叮嘱关祁不要出声。染灯进来时，玲珑刚将机关复原。

"姑娘久等了。宫里不知出了什么事，人心惶惶。"染灯担忧地说。

"谢大师收留，我也该走了。"玲珑盘算着先离开再说。

"路上小心。敢问姑娘可是叫岳宁舞？"

玲珑下意识地摇摇头。

"怕是小僧认错人了。"染灯羞赧地笑了笑，侧身让玲珑出去。

玲珑刚迈出去就听到染灯隔门高声说道："秦将军，贼人在此，请大人处置。"

玲珑看到那位傲慢的少将军就站在院中，手里握着她丢失的香囊，一双星目冷若冰霜。

她就这么稀里糊涂被个美和尚卖了？！

救命，少将军强抢民女啦！

玲珑做了个奇怪的梦。

在梦里，她立于紫霄殿外，宫殿里传来丝竹箫鼓声，九皇子伸出头冲她粲然一笑，又不知被谁扯了回去。紧接着，少将军出了殿门径直朝她走来，依旧是那副冷冰冰的模样。

"快进去，小心染上风寒。"语气虽凶了点儿，却掩不住关切之意。

玲珑听到自己说道："你再这么爱管我，小心我一气之下跑得远远的，让你找不到。"

"皇上明日就会下旨。"

"别想骗我。"

"是真的，小舞。"少将军弯起嘴角。没想到这人笑起来还挺好看。

"你跑不掉了。"

秦烈……

为何我会唤他的名字？

而我又是谁？

玲珑猛地睁开眼，见到的却不是大牢阴暗潮湿的天花板。

"小舞舞舞舞呜呜呜……我的宝贝闺女啊！爹为了寻你，穷得只剩钱了。念你心切，找人照你的画像扎了一屋子纸人，结果把下人都吓跑了啊！"玲珑一醒来就看到一个大叔握着她的手哭得屋子都快淹了。

"老伯，你先别哭。"

"老伯？你竟然叫我老伯！苍天啊，你爹的心要碎成渣渣了……"大叔作势就要在床边打起滚来。

"岳丞相，注意形象。"秦烈实在听不下去了。

"形象？形象能换女儿吗？"

"这是哪里？"玲珑打算暂时无视这个哭包大叔。

"将军府。"秦烈坐在一旁，眼睛盯着手中的香囊一言不发。

玲珑想起刚才的梦更加烦躁，说："把东西还我。"

秦烈不紧不慢地说："它对你很重要吗？"

"废话。"叶飞说捡到她时，她身上就戴着这个香囊。

"既是珍视之物，为何连是谁送的都忘记了？"

"这跟你有什么关系？"

秦烈突然站起来，玲珑瑟缩了一下说："你干吗？"

"成亲。"

"谁成亲？"

"我跟你，现在。"

"神经病啊，不同意！"

"来人，准备喜帖。"

"救命啊，你这是强抢民女。"

"你不是民女，你爹富得流油。来，听话，嫁我。"

"秦烈，你冷静点。小舞是真的失忆了，她不同意我就不同意。"刚才还眼泪鼻涕横流的大叔，突然就霸气侧漏板起脸来，一副不容商量的架势。

这时，一个下人慌慌张张冲进来说："少将军、岳丞相，大事不好了，有刺客闯入将军府。"

"我去看看。派人守在这儿，确保丞相和……这位姑娘的安全。"秦烈吩咐完便提剑冲了出去。

"那香囊是他送你的。原本皇上已经准备下旨许你们成亲，可没想竟出了大事。"

"我真的是岳宁舞？"

"我岳华严还会认错自己的女儿吗？"

"六年前究竟出了什么事？"

岳丞相娓娓道出真相。

"这事还得从一次围场打猎说起，皇上捉了一只白狐，见兰妃很喜欢便赐给她赏玩，却不知那是只成精的狐妖。起初那妖怪安分得很，后来不知使的什么妖法，竟附在兰妃身上开始生事。直到一次宫廷宴席上，相国寺住持慧空大师识破狐妖，想要将其降服。混乱中你为救兰妃，被狐妖一同掠走。最后，妖怪被慧空收进佛珠，侍卫们在断崖边找到昏迷的兰妃，而你却不见了踪影。他们都说你坠下山崖丧了命，可我不信。"

"我确实坠了崖，但被人救了。"

"你啊，从来都是福大命大的主儿。只是秦烈这孩子死心眼，你出事之后他整个人像丢了魂一样。后来随他爹去征战沙场，倒是立了不少战功，今年回来做了禁卫军统领。"

"放了她，不然我血洗将军府！"门外传来一声怒吼。

玲珑觉得这声音很耳熟，还没等她反应过来，门已经被踹开，而秦烈正跟一个蒙面人打得不可开交。

## 第四回 师父有颗玻璃心！

"都停手！"玲珑大喊一声。

"咦，徒弟你没事啊？"蒙面人扯下面罩，朝她走过来。

旁人刚要阻拦，玲珑说："他是我师父叶飞，也是我的救命恩人。"

"天下第一神偷叶飞。"秦烈收起剑喃喃自语。

"你怎么来了？"玲珑问。

"当然是救你这个笨徒弟啊。"

"我女儿聪明得很！"

"你谁啊？"

"我是他爹，如假包换的。"

叶飞和岳华严两看相厌，你一句我一句竟吵了起来。

朝廷重臣岳丞相哭号着说："我可怜的小舞竟被个江湖小贼教成了偷盗犯。"

"注意用词，是天下第一贼！何况没有我，能有她吗？"

"没有我，更没有她！"

"你们够了……"

"九殿下的玉佩怎么会在你这里？他昨晚失踪，我带人找了一晚也没有结果。"秦烈说。

玲珑这才想起九皇子还在美和尚那里关着，她忙把昨晚所见之事讲出。

"这个染灯和尚为何要捉九皇子？"岳华严眉头紧皱。

"丞相是否记得慧空大师圆寂时将封印妖狐的佛珠托付给了谁？"秦烈说。

"正是染灯。"岳华严面色一变说,"莫非狐妖冲破了封印附在染灯身上?"

"狐妖学聪明了,把自己的身份变成能够指认妖狐的高僧。皇上再怀疑也不会怀疑到曾帮他捉妖的相国寺住持后继者身上。不过这陷害大臣的事情很难实施,倒是小舞的出现给了狐妖机会。"秦烈说。

"亏我还觉得他是个安静的美和尚。我失踪这么久,突然现身恰逢皇子出事,狐妖完全可以把事情嫁祸给我,再以此诬蔑我爹藏匿妖怪。"

"这妖孽必除。可如今慧空大师已不在,要如何除妖?"岳华严忍不住在屋里踱起步来。

玲珑突然凑到一直没发话的叶飞身旁,捏着嗓子甜甜地说:"师父。"
"干吗?一会儿没见连爹都有了,挺有能耐啊。"
"那也没你厉害呀。师父,我怎么记得你有把斩妖剑,借徒弟用用呗。"
"不给。"
"不给我就自己拿,何况我还不是为了让你消气才跑去偷宝贝的。"玲珑满腹委屈地说,这回算是把叶飞说动了。

于是一番商量之后,他们决定兵分三路。岳丞相即刻进宫面圣,尽量赶在染灯与皇上论经之前。玲珑与秦烈先去将九皇子救出,再去揭穿狐妖。叶飞则要赶在狐妖原形毕露前将斩妖剑交给秦烈。

"那小子对你很有意思嘛。"叶飞狡黠地说。
"你怎么知道?"
"笨徒弟,用眼睛看啊。"叶飞得意地挑了挑眉,一转身就不见了。
玲珑出门前问下人要了些糕点,秦烈疑惑地问:"你饿了?"
"给那个饿鬼九皇子带的。"

有秦烈在，进宫变得简单许多，只是玲珑还不能暴露身份，索性扮作侍女跟在一旁。这个时候染灯已前去参天阁，他们很顺利地进了禅室，幸好关祁还在暗室，只不过已饿晕了头。看到玲珑带来的点心，关祁感动得抱住她不放手，硬是被秦烈揪着衣领丢到一边。

三人不再耽搁，一起赶往参天阁。谁知刚到廊下就见到岳华严正与总管太监争执不休，还有侍卫挡在前面，急得丞相满头大汗。

"怎么回事？"秦烈问。

岳华严焦急地说："不知是不是听了那狐妖的话，皇上下令任何人不得入参天阁。"

"都给我让开！"关祁突然高声喝道，一个箭步冲到总管太监面前。

"九殿下？您不是……"总管太监很是惊讶，失踪的九皇子竟突然出现。

"不是什么？我要见父皇，看谁敢拦。"

"殿下，奴才也是按皇上旨意办事。"

"若这关系到父皇的安危，你们也坚持阻拦吗？"此话一出在场的太监侍卫都倒吸一口凉气，再见来人不止九皇子和岳丞相，连秦将军都在，恐怕事情真的非同小可，总管太监最终让了步。一行人匆匆登上石阶，叶飞还未出现，玲珑不免有些心急。

### 五 逼婚什么的最可怕了！

"这串佛珠从慧空大师交于我时便感觉不到戾气了，怕是狐妖已逃脱。"

"什么？这会不会跟祁儿的失踪有关？"

"秦将军昨夜抓了个贼，皇上可知？"

"我并未听闻。"

"那女贼正是六年前失踪的岳丞相之女岳宁舞，此事略有蹊跷。"

"难道岳丞相有所隐瞒？"

"狐妖，不要胡言乱语加害丞相和小舞！"九皇子忽然出现，剑尖直指"染灯"。

"祁儿你怎么会在这儿？"

"父皇，儿臣就是被这妖孽所抓，是秦将军和小舞救了我。"

"大胆妖孽，还不快快现出原形！"秦烈拔剑朝染灯刺去。见事情败露，"染灯"伸出利爪与他们打作一团，一时间刀光剑影。

"皇上，臣来保护你！"岳华严冲到皇上身边。

"你个文臣来做什么？给朕当肉盾吗？"

"染灯"一掌将关祁打晕，秦烈见状一剑划伤"他"的脸。狐妖撕去伪装的面皮露出原形，银白的皮毛衬着一双血红的狐眼。它冲着秦烈诡异一笑，竟转身朝皇上扑去。玲珑见状也不知哪儿来的牛力，一使劲将皇帝和岳华严一起推到一旁，自己则抬起手臂阻挡，可惜这是以卵击石。

"秦烈，接剑！"

叶飞的声音很是遥远，玲珑闭上眼等待狐妖的利齿刺进她的肩膀。可随着一阵利器刺穿身体的声响，疼痛却并未到来。玲珑疑惑地睁开眼，看到巨大的狐妖化作银白的粉末随风飘散，在那烟雾后面是手持斩妖剑狼狈不堪的秦烈。

秦烈把剑丢在地上，走到玲珑面前说："嫁我。"

玲珑呆呆地望着他，竟流下鼻血。这一定是因为秦烈刚才的姿势和台词太酷炫，一时难以招架血气上涌。

一个月后。

因参天阁的事情救驾有功，岳家得到了很多赏赐，岳宁舞也终于恢复了身份，可她却开心不起来。

"小舞，秦烈他又来了……"岳华严无奈地说。

"这回又带了什么？"

"说是西域进贡的珍品，他特意从皇上那儿讨来的。"

"收下收下，有便宜不占是笨蛋。"

"还有……"

"还有什么？"

"赐婚的圣旨。"

岳宁舞起身就朝丞相府后门跑去，心里咆哮着：师父救我！这玩意我可要不起，我只想做个快乐的飞贼啊！

"你是我的,除了我,谁也不能娶你……"

## 百萌不如一嫁

文 / 初酒　图 /cain 酱

## 一 喜娘太彪悍

乔络络九岁的时候，有一传说中的"高人"到乔府打秋风，给她卜了一卦，留下"命中克夫，十六毁容"八字批语。

对此，乔络络不以为然，她始终觉得，那个不靠谱的老头是在挟私报复，因为自己咬了他那骨瘦如柴的宝贝徒儿一口。但是，其他人并不这么认为，这番批语一出，与她定亲的周家立马过来退了亲，而且，直到十五岁，也没有人再上乔府提亲。

眼瞅着十六岁生辰就要到了，乔络络被乔老爹的长吁短叹逼得没办法，只好花钱找了个男子，打算来场瞒天过海假成亲。

原本一切进行得相当顺利，盖上喜帕出阁的那一瞬，乔络络甚至萌生出事后多付一倍银钱表示感谢的想法。

然而，她刚松了口气，下一秒变故就发生了，身边扶她出屋的喜娘突然发疯，一把将她拦腰抱住，跨上疾奔过来的黑鬃马，冲出了人群。

一路上，乔络络被颠得七荤八素，所以下马到达一处破庙后，她差点儿没俯身就吐。

浓妆艳抹的喜娘打量乔络络半晌，扬了扬嘴角："没想到声名远播的乔姑娘，换上这一身嫁衣，还真是个美人。"

乔络络瞅瞅喜娘夸张的妆容、艳俗的发饰，由衷地建议道："其实你洗干净脸，好好梳妆一下，应该也是个美人，不用自卑的。"

喜娘似乎愣了一下，眼中闪过一丝异色："都这个时候，还有心思开玩笑，乔姑娘的胆量倒是不小。"她突然从袖中抽出一把匕首，慢慢靠近乔络络。

乔络络终于开始紧张了："你……你想干什么？冷静点儿，有话好好说……"

"有话好好说？"喜娘轻笑一声，按住乔络络的肩，脸上的粉似乎在往下掉，"姑娘抢我夫君的时候，难道没想过会有今日？"

"你夫君？什么意思？"乔络络瞪大眼，"难道今日跟我成亲的那位……是你的夫君？不可能啊，我明明让燕儿找个清清白白的——难道他在撒谎骗钱？！"

喜娘对她的话置若罔闻，手中的匕首晃来晃去："他一定是被你这张脸迷惑了，只要毁掉这张脸，他一定会回心转意……"

"大婶……不对，大姐啊！这是个误会，我没想抢你夫君，我跟他只是做戏而已，你冷静点儿，别乱来……"

乔络络挣扎着，欲哭无泪——有没有搞错，难道那死老头的话真要应验了？！而且还是她自找的？！

千钧一发之际，一声中气十足的大吼猛地响起——

"秋娘，不要！"

喜娘被震得松掉了手中的匕首，回头看见急急赶来的新郎，伤心地摇摇头，掩嘴跑了出去，新郎随后跟上。

乔络络看见燕儿等人的身影，总算松了口气。

## 公子请自重

乔老爹知晓来龙去脉后，狠狠训了乔络络一顿，越发对那八字批语深信不疑,遂花重金请了一位高手来保护乔络络。

高手名叫叶千棠,外地来的说书先生,据说相貌俊秀、文武双全,想嫁他的女子从镇头排到了镇尾。

乔络络一贯对这种不着调的传闻没啥兴趣,因此,叶千棠进府的时候,她正趴在闺房的短榻上同燕儿商量,要怎样快速简单而又不着痕迹地赶走这位说书大骗子。

"下药?小姐,这样……太狠了点儿吧?"燕儿听着乔络络列出的方法,有些犹疑。

乔络络正要开口详说,顶上突然传来一个懒懒的声音:"乔姑娘要对付叶某,何须如此麻烦?"

乔络络一惊,抬头只见房梁上不知何时多了位青衫磊落的男子,修眉朗目,着实有副好皮囊。

"你就是叶千棠?"乔络络敛容从榻上坐起来,"你怎么进来的?"

叶千棠扬唇一笑,飞身落地:"倘若连这点儿本事都没有,还如何护姑娘周全?"

乔络络冷笑:"你这样擅闯本姑娘的闺房,信不信本姑娘随时可以将你乱棍打出去?"

叶千棠缓行两步,以手撑榻,凑到她面前,似笑非笑:"恐怕要让姑娘失望了,叶某能在府内来去自由,是乔老爷首肯了的,姑娘倘若不满,可去跟乔老爷说。"

"你!"头一回和陌生男子靠得这么近,气息就在咫尺处,乔络络有些不自在,伸手想去推他。谁知手才碰上他胸膛,门口就响起乔老爹夸张的叫声:"你们在干什么?!"

几人同时呆愣了,乔老爹率先回过神,立马换了笑脸,冲着乔络络道:"你跟叶公子好好交流交流感情——"转首向着燕儿,"你这死丫头还愣着干吗,还不出来烧茶?!"

一直处于惊愣状态的燕儿立刻心领神会地冲出房间,顺道关上了房门。

叶千棠垂头看向顿在自己胸口的手,微微一笑:"令尊似乎……误会了什么……"

"误会你个头!"乔络络猛地缩回手,起身闪到一旁,"本姑娘不需要人保护,你少在这儿招摇撞骗!"

叶千棠十分不客气地拂袖在短榻上坐下,抬眼道:"姑娘难道不想避过毁容之劫,向世人证明,那所谓的高人,其实就是个骗子?"

闻言,乔络络眸光一缩,这叶千棠果然有点儿能耐,一语就道破了她的心结。她之所以拼了名节不要,找人假成亲,就是想毁掉八字批语,狠狠扇那不靠谱的高人一巴掌。

良久,乔络络看着叶千棠,问道:"你真的能帮我?"

叶千棠挑眉一笑,眼中似有春风万里:"那就要看乔姑娘能不能配合了……"

## 三 喜娘再抢亲

自从乔络络假成亲事败之后,寒石镇的众人纷纷开局设庄,赌乔络络能否在十六岁之前安然无恙地嫁出去,场面好不热闹。

乔络络听闻此事,气得摔了三套茶具,一把揪起倚在对面悠闲品茶的叶千棠:"你说,你赌哪边?"

叶千棠气定神闲地搁下茶盏,抬眼道:"当然赌你能嫁出去。"

"这还差不多。"乔络络满意地松开手。这几日他们相处得还算融洽,叶千棠除了毒舌点,也没什么大毛病。

"乔姑娘想不想借此大赚一笔？"叶千棠突然问道。

乔络络看着他："你的意思是……"

叶千棠笑道："他们大多赌你不能出嫁，你干脆暗地里押笔大的。"

乔络络想了想，有些担忧："那万一……"

叶千棠覆上乔络络的手，稍稍倾身，语声暧昧："没有万一，倘若真无人敢娶，那我便下聘提亲，如何？"

轻风拂过，四目相对，乔络络有一刹那的怔然，恰在这时，燕儿激动的声音由远及近传来："小姐……小姐……"

原来是曾经退了亲的周家公子周廷玉忽然又重新登门道歉，下聘提亲，而且还诚意十足。

乔老爹记恨当年退亲之事，不太愿意，可乔络络考虑半天之后，竟然答应了！

"你喜欢那个周家公子？"叶千棠垂下眼，盯着手中茶盏。

乔络络毫不在意地开口："跟喜不喜欢没关系，他来得正是时候，可以帮我解决出嫁的事——"顿了顿，她冲叶千棠笑笑，"再说了，我原本就是要嫁给他的。"

乔络络起身，说是要去找周廷玉当面谈谈，叶千棠难得没有立刻跟上，只是望着她的背影，静默不语，眸中神色复杂。

由于要赶在十六岁生辰之前出嫁，所以婚期很快敲定，半个月后，乔络络再度穿上嫁衣出嫁。

乔络络本以为，这次应当是万无一失了，谁知还没梳妆好，自己就又被抢了。更崩溃的是，抢人的仍旧是上次那个浓妆艳抹的喜娘！

"大婶——姐，我这次没抢你的夫君吧？"乔络络简直欲哭无泪。

喜娘没说话，突然封住她的嘴，带她进了周府后院。

她们躲在草木大石之后，乔络络看见，自己未来的夫君周廷玉正身着喜袍,跟一位梨花带雨的年轻姑娘在拉拉扯扯。

"我知道,你是为了乔家家业,才会同意娶那个克夫丑女的,可是……我真的不想你冒这么大险,万一……万一你真的……"

年轻姑娘凄凄惨惨地说着,周廷玉抱住她,说了几句安慰的话,最终还是转身离开。

## 第四回 谁心中有鬼

看完这精彩一幕,乔络络被扔回了上次的那个破庙,喜娘给她松了绑,丢出一句:"上次是我误会了你,现在一笔勾销。"言罢,迅速消失。

很快,叶千棠找了过来,扶住她皱眉道:"你没事吧?"

乔络络倚在他身上,抬眼看他:"你来得倒还真快。"

叶千棠听出她的嘲讽之意,无奈地笑笑:"是你说成亲梳妆,不用我待在旁边的,谁知道就让人钻了空子?好在时间还赶得及,我们快点儿回去——"

乔络络立马沉了脸:"不用了,本姑娘不嫁了!"

再嫁失败,乔老爹伤心得老泪纵横。乔络络却没太多的反应,一入夜就悄悄出屋,往叶千棠的房间摸去。

房门反锁了,房中没有灯光,也听不见什么声响,乔络络估摸着叶千棠应当已经入睡了,当即翻窗进去。

结果才落地打了个滚,屏风后就响起懒懒的声音:"这么晚了,乔姑娘还没睡?"

乔络络抬头,恰好看见浴桶中叶千棠光裸的双肩,吓得大叫回头:"叶千棠,你无耻!"

叶千棠毫不避讳地起身,取过衣袍随意套上:"我无耻?你大半夜闯我的房间，难道还有理了？"

"你是故意的！"乔络络气愤地转头，又立马转回去，"你故意不点灯，故意让我在这种时候闯进来，你……你太无耻了！"

"哦？"叶千棠将衣带松松一系，点燃灯盏，"乔姑娘如果不是心中有鬼，至于上当吗？"

"你！"乔络络被噎得不行，干脆豁出去了，回头道，"叶千棠，你少装蒜，那个喜娘是你假扮的，对吗？"

叶千棠的动作一顿："乔姑娘在说什么？我听不太懂……"

乔络络冷哼一声："喜娘第一次出现，我因为没见过你，所以并未察觉到什么，可是第二次出现，我却发现，那喜娘不像个女人，而且身影和眼神跟你十分相似。后来，我又在你身上闻到了一模一样的脂粉香。"乔络络顿了顿，死盯着叶千棠，"你如果问心无愧，敢不敢让我搜一搜这屋子？"

叶千棠沉默半响，抬眼笑了："看来，你比我想象中要聪明点儿。"

乔络络看见他这副波澜不惊的模样，就气不打一处来："你两次假扮喜娘，做这么多事，到底想干什么？"

叶千棠扶袖斟茶，淡淡地道："你真想知道？"

乔络络道："你最好从实招来，否则我立刻告诉我爹！"

叶千棠缓缓行至她面前，抬手将一根簪子插入她发间，微微一笑："因为……你是我的，除了我，谁也不能娶你。"

此话一出，乔络络如遭雷击，当即僵化成石。

## 五 此恩如何报

乔络络还来不及消化叶千棠突如其来的表白，乔老爹就出事了——周廷玉骗婚不成，干脆找人劫走乔老爹，威胁乔络络交出乔家大半家业。

"岂有此理？！我没揭穿他的真面目，给他留够了面子，他竟然还恩将仇报，本姑娘非砍了他！"

乔络络撸起袖子就想往周家冲，被叶千棠一把拽住："你冷静点儿，这样是救不出人的——"

乔络络转头抛出一句："你行你上啊！"

叶千棠忍俊不禁："我若是救出乔老爷，你拿什么报答？"

乔络络猛然醒过神，想起他才承认假扮喜娘的事，还说了那样暧昧不清的话，不由得微红了脸。

"络络，我若帮你救出人，你能不能不再计较以前的事，嫁给我？"叶千棠低头，在她耳边轻声道，语气郑重。

乔络络心跳漏了几拍，退开两步，抬头道："你还真会挑时候……我都怀疑，你跟那周廷玉是不是一伙的，先是假扮喜娘阻止我出嫁，如今又以我爹的性命相要挟。"

叶千棠破天荒变了脸色："你心里，就是这样想我的？"

乔络络不自在地避开他的目光："你一直都在骗我，还能让我怎么想？"

叶千棠负手，看着她道："我买通那个跟你假成亲的男子，又假扮喜娘抢走你，揭穿周廷玉的真面目，无非是不想你嫁给别人。不管你信不信，这些都是事实，我会帮你救回你爹，你好好在家里等着，不要乱跑。"

叶千棠说完，头也不回地离开。乔络络愣了半晌，取下他先前给自己插的簪子，突然有些心神恍惚。

燕儿在一旁小声道："小姐，其实能嫁给叶公子，真的很不错啊……"

这一次，叶千棠果真没开玩笑，当夜便救出了乔老爹。然而，最后回到乔府的，却只有一个人。

"爹，叶十棠呢？"乔络络忍了半天，终归还是开口问道。

乔老爹眼中闪过一丝慌乱："哦，叶公子他……他说对不住你，不辞而别了，至于去了哪里，爹也不知道……"

乔络络狐疑地瞅着他："真的吗，爹？"

"当然是真的！"乔老爹迅速转移话题，又开始长吁短叹，"女儿啊，再有一个月就是你十六岁生辰了，这可怎么办啊……"

## 六 原来就是你

乔络络总觉得哪儿不对劲，费了好几天工夫，终于让燕儿打听出了真相，最残酷的真相——那夜，叶千棠孤身救人，被困险境，以命换了乔老爹平安，并叮嘱乔老爹不要告诉乔络络。

茶盏摔落在地，乔络络望着燕儿，难以置信地摇头："不，燕儿，这不是真的……这绝对不是真的……"

燕儿扶住她，劝道："小姐，你别这样，老爷和叶公子瞒着你，就是不想让你伤心，你不要辜负他们的苦心……"

"不……我不信……你们都在撒谎……"乔络络红了眼，落下泪来，"我不会相信的……我要去找他……去找他……"

乔络络找到了叶千棠从前住的地方，推开木门，怀着一丝期盼边走边唤："叶千棠……叶千棠……"

没有任何回应，乔络络绝望地扶住一张桌案，偏头，突然看见桌上铺了一卷画轴，画中少女临水而立，正是她的模样。

"你是我的，除了我，谁也不能娶你……"

乔络络颤抖着手去碰画，哽咽出声，泪滑过下颚滴落在纸上。

"好好的，怎么哭了？是为我哭吗？"

熟悉的声音突然响起，乔络络僵硬了片刻，才敢缓缓偏过头。

门口光亮处，修眉朗目的男子浅笑而立，眼中有春风十里。

"叶、叶千棠?"乔络络盯着他,不敢眨眼,"你还活着?"

叶千棠扬唇笑道:"舍不得你,所以又活过来了。"

"你!你又骗我!"乔络络立刻有种被耍的感觉,气得拔腿就走,却在门口被叶千棠强行抱住:"络络,这次我没骗你,我是真的差点儿没命,若非侥幸……咳咳……"

乔络络本想挣扎,可一看到他衣衫上渗出的血,心就软了。

"你如果真喜欢我,直接提亲不就行了,干吗弄出那么多事?"乔络络替叶千棠重新包扎好伤口,没好气道。她素来性子直,哪见过这么拐弯抹角的。

"我赶到这里时,你已经跟那男子定了婚期,当时我并不知道你是假意成亲……"叶千棠顿了顿,突然拉开右肩衣衫,"何况,我不确定,你是不是还在记恨我师父,还有当年的事……"

乔络络看见他右肩上淡淡的牙印,立马激动起来:"是你!你就是那个死老头的臭徒弟!"

乔络络终于记起来,当初她跟那个留下批语的死老头的徒弟打架时,曾在他右肩上狠狠咬了一口。

叶千棠无奈苦笑:"凶丫头,你果然还在记恨。"

乔络络愤然道:"什么毁容,什么克夫,都是你师父编造出来的对不对?"

叶千棠拉住她的手:"络络,别怪师父,他也是想撮合我们——"

"有这么损人的吗?他分明就是在报复!"乔络络霍地起身,气冲冲地就想往外走。

叶千棠强行抱住她:"凶丫头,你到底要记恨到什么时候?我都为你折腾成这样了,要不你再咬我两口?"

"叶千棠,你无耻!给我放手……"

屋内,一阵热闹。

而屋外,一直偷听的乔老爹跟燕儿相视一笑,欢乐地击了一掌……

两个人若要终成眷属，总要有一个先耍流氓才行。

## 公子太坑，围观小厮惊呆了
文/浅璎 图/九遥×莲喜

### 一 公子莫跑

微萌无精打采地趴在茶楼二楼临窗的桌子上,即使刚刚"咕咚咕咚"灌下了一壶凉茶,她仍然觉得自己像只脱水的傻鸟,没头没脑地在这大热天里来回扑腾,使尽探查、跟踪、围剿等专业刑侦手段,只为了采访到连续半年蝉联江湖人气排行榜之首的段青公子。

微萌眯着眼睛思量,万一这个月《八卦江湖》开了天窗,不知道老头子会不会气到把自己大卸八块……

其实以微萌的雄心壮志来说,是不甘心屈就在一个小小的《八卦江湖》写八卦新闻的,她原本只想靠这个身份接近年轻有为的江湖大侠,然后趁职务之便近水楼台钓钓金龟婿,但后来发现这条光明大道早就成了断崖,有宅院有名望有银子的大侠们一般也都配有娇妻,微萌也只能相见恨晚!恨晚!

后来,老头子知晓了微萌的不纯动机,立刻恨铁不成钢地斥责她太没出息了!经过老头子的斥责和提点,微萌彻底意识到了自己的肤浅,并幡然悔悟——钓金龟婿实在是太没理想没追求了!作为有追求有理想的当代好少女,微萌决定要把自己的远大志愿重新定义为——写书!要成为牢牢霸占住畅销排行榜的天下第一才貌双全的富婆!

微萌正趴在桌上流着口水畅想自己荣登畅销书排行榜后金光灿灿的生活,突然听见外面小摊贩中起了巨大的喧哗声,她直起身子,好奇地扒着窗口想要看看热闹。

凭借着身为文娱记者所拥有的敏锐洞察能力和事态关联能力,微萌很快就将事件发生经过整理出了个大概,似乎是有人吃霸王餐吃到了徐大娘头上,吃了一笼包子却不付钱,丢下支钗子扬长而去。微萌眼尖地瞥见了楼下徐大娘手里的钗子——钗身呈流线型在阳光下熠熠生辉,钗头那颗拇指般大小的珍珠绝对是珍贵罕见的东海贡珠!

全天下会把这样名贵的钗子随便送人的家伙,除了段青公子别无他人!当下微萌想也不想,直接施展轻功从窗子一跃而出,为了自己的理想为了自己的事业……拼死也要追上段青公子!

在她追上段青并表明想做采访的来意后,段青笑了:"如果早知道姑娘在找我,我该亲自过来才是,怎能劳烦姑娘找我呢。"

那笑容虽非一笑百媚生的绝色,但也像是缓缓绽开的莲花,足以让人心跳加速。见多了江湖上各种青年才俊的微萌才不吃这套,她翻了个白眼,直接否认了"段青公子温柔体贴怜香惜玉"的江湖传言。

如果她不是上气不接下气忙着补充氧气,指定狠骂他:被老娘追着跑了五条街,一直跑到城外五里坡才肯停下来的人也好意思说这种冠冕堂皇的漂亮话!你还敢再虚伪一点儿吗!

## 二 青梅竹马爱养成

说起来,在段青公子沦落为江湖人之前,也是有家世有背景的富二代。

他爹段老爷是开连锁金铺的大富豪,大到京城,小到县城,有人的地方就有段家金铺。段青是段老爷最小的儿子,也是最不受宠的一个,因为他不喜经商不爱铜臭,一天到晚只喜欢鼓捣女人用的钗子。

段青喜欢钗子的天性完全遗传自他娘,他娘生得一双巧手,段家金铺里最畅销的首饰款式大多是他娘设计的,甚至在十月怀胎的过程中,他娘都一刻不闲地在帮他爹设计新款发钗。所以说,段青喜欢钗子完全来自胎教的影响,但他爹却拒绝承认儿子生成这性格是因为当初他不懂怜香惜玉可劲使唤小妾的恶果,只是狠狠地嫌弃这个"学女人的玩意"的儿子。

段青五岁那年,他爹突然觉得自家产业越做越大,容易招贼惦记。所以他决定勾搭上江湖圈,以保证自家产业平稳安全地发展下去,勾搭的最好办法当然就是结姻,但这结姻也不能目的性太明显,万一被人家拒绝了多丢人啊!于是,他爹想出一个妙招,将儿子送入对方门下学武,这样青梅竹马慢慢进行媳妇养成完全不落痕迹!

段老爷千挑万选,选中了一家武林名门,再看看自己的几个儿子,怎么瞧都只有小儿子段青最眉清目秀一表人才,胜算最大。最后大把的银子砸过去,好歹是插班把段青塞进去学武了。

可惜的是,段青彻底辜负了他爹的一片苦心。十年学武生涯下来,他唯一学有所长的就是轻功,因为练功偷懒被抓时跑得快可以少被师父打几下。虽然内功差劲,但他天资聪颖懂得灵活运用,他最拿手的绝活就是用内功将露水凝成珠子做钗,露水珠子可以维持三个时辰才会重新化为水态。

段青的师父怕他砸了门派的招牌,根本不承认有他这个徒弟,更别提将女儿许配给他了!这一结果差点儿让段老爷气断了气,当即跟他断绝父子关系,任他沦落天涯流浪江湖。

但谁能料到,就是这么一个胸无大志的人,在两年后竟然凭借着绝世无双的发钗和谜样的传说声名大噪起来,成为当代女人心目中的天王级偶像!没有人知道这两年间发生了什么,没有人知道那些围绕在他身边的传说孰真孰假。

微萌此番不惜狗皮膏药般倒贴也要跟着段青的目的,就是为了揭秘这空白的两年和那些谜样的传说,还世人一个活色生香……哦不,是还世人一个洗尽铅华的段青公子。

### ~~第三卦~~ 说好的璀璨又刺激的人生呢？

段青素来以轻功为傲，这两年来屡次顺利逃脱官府的追捕和仇家的追杀，全靠这身无可匹敌的轻功，他万万没料到自己逃得过六扇门四大名捕围堵的轻功竟然会甩不掉一个小姑娘！所以，他不禁对微萌刮目相看，同意授权她进行独家跟踪式专访："跟着我可以，但是我不负责你的饮食、住所和安全问题。"

"放心吧！我绝对不会给你添乱的，采集到需要的资料后我立刻就走！"朝着愿望达成切实迈进了最重要的一小步，微萌立刻眉开眼笑，赌咒发誓般地再三保证，生怕段青会后悔。

可惜微萌这种兴奋并没有维持多久，她跟着段青待了三天，发现他的生活完全跟正常人的生活一模一样！面对微萌的质疑，段青表示很无辜："普通人类都是这么过日子的吧……"

见他死鸭子嘴硬，微萌哼了一声，以一副"我很懂的，你别蒙我"的语气随便畅想了一下身为怪盗兼大众情人的人该有的璀璨又刺激的人生。

段青嗑着瓜子听完，鼓掌叫好："太精彩了！都赶上茶馆的说书先生了，不愧是搞文字工作的啊，故事编得就是好！"

"你装什么蒜！什么叫故事编得好，明明就应该是……"微萌气急败坏地反驳，但话还没说完就被段青截了过去。

"你不会真以为整天飞檐走壁逃避官府、下预告书挑战官府、怪盗佳人良辰美景是存在于现实世界的吧？"待从她的表情中寻获了肯定答案后，段青无可奈何地摇头叹息道，"唉……又一个被东瀛漫画洗脑了的……"

不徐不疾叩响的敲门声打断了两人的舌战，微萌去开门，是店小二受人之托送来了请帖,她看过请帖立刻兴奋地大叫:"是红妆坊坊主欢颜邀请你去参加鉴赏大会哎!"

红妆坊是一家声誉响彻四海之内的百年老字号,被冠有"天下第一钗"的美誉,民间的女子都以得到一支红妆坊的钗子为毕生梦想。然而钗美人更美,红妆坊第四代坊主欢颜作为公认的天下第一冷颜美人,本身就是红妆坊的活招牌。

后来,段青的出现打破了红妆坊"天下第一钗"的盛誉,他以远超于红妆坊的手艺制作出绝世美钗赠予贫苦女子,终结了"华美昂贵的钗子只能是穷人一辈子也望尘莫及的梦想"的传统,因此在段青迅速蹿红的同时,红妆坊的百年盛世也岌岌可危。

就在微萌为有机会跟去参加红妆坊鉴赏大会而兴奋的时候,段青轻飘飘一句话掐灭了她的希望:"我又不认识她,怎么可能会去那种无聊的鉴赏大会。"

"帖子上说这次会首次展出一块名为海泪石的稀世珍宝。"微萌冲他扬了扬请帖,这显然是专门为了他量身定做的超重量级诱饵。

可惜的是鱼儿没咬钩,段青依然是轻描淡写的两个字——"不去。"

### 第四章 乖乖等我回来就好

微萌跟着段青连日奔波,一路南下。

段青在收到请帖的第二天决定南下,微萌眼尖地看见他揣在怀里露出个边角的请帖,于是她欢天喜地地挥着马鞭跟了过去。本以为段青是去赴约,没想到他竟然在南沙镇就停下来了,如果她没记错的话,这里距离红妆坊总部所在的燕归城还有一天一夜的路程。

"我就是专程赶来南沙镇的啊,不然你还想去哪里?"段青牵着马,轻车熟路地找到了当地最大的高档客栈。

微萌满脸都是如意算盘落空的失望,一直嘀嘀咕咕地打不起精神,直到段青告诉她来这里是为了探取侯员外家私藏的一块上等苏纪石,才让她恢复了精神。

微萌信誓旦旦地做好记录下段青偷盗的全过程的准备,并为自己有机会见证这传奇一幕激动得连续两宿没有入眠。段青安安分分地休息了两天后,在第三天的夜里打算行动了。

"还没踩点呢!你这么直接过去太危险了……"

段青拍了拍微萌的脑袋:"踩点这种事情只有不成熟的窃贼才会做,万一被人家发现了岂不是会引起更多的戒备?"

微萌点点头:"哦,那咱们走吧。"

"我没打算带你去。"

"啊?为什么!我轻功很好的……"微萌急赤白脸地想表明自己很靠谱。

"这跟轻功好不好没关系。"段青打断她,继续说,"如果你不想拖我后腿害得我被抓住,就乖乖在这里等我回来。"

说着,他轻轻拍了拍她的脸颊,然后轻轻一跃翻出了窗子。

像是被蛊惑般,微萌呆呆地立在了原地,没有立刻追过去。她抬起手捂住心脏的位置,那里"怦怦怦"跳得好大声……刚刚被段青碰过的脸颊,也热辣辣的,像是被火燎伤,这是……生病了吗?

微萌在客栈里等了三天,也没等到段青回来,她这才后知后觉地意识到自己被骗了,那个浑蛋肯定是以此为借口甩掉自己偷偷溜了!

如此轻易就中了这么简单的圈套,微萌在捶胸顿足过后立誓一定要再次捕获段青!

搜查客栈房间寻找他可能行踪的线索的过程中,微萌翻到了他遗留在脏衣服口袋里的来自红妆坊的请帖。请帖是无记名的，持帖者入场，微萌盯着帖子上特意说明的"海泪石"三个字看了一会儿，然后决定出发前往鉴赏大会。

就算是第六感吧，她就是笃定段青绝对不愿错失这块海泪石。所以，有海泪石的鉴赏大会，段青是一定会去的！

## 第五回 你和我在一起，大家都能见证

微萌持着段青的请帖，打算女扮男装混进红妆坊举办的鉴赏大会，却在入口处被人拦截下来。一个戴着斗笠看不清脸的人瞬间扣住她的手腕，不由分说将她拖走，直到走到僻静地才放开她。

"看上去挺机灵的小姑娘，怎么也净做缺心眼的事情！"那人摘下斗笠，露出那张好看的脸，"欢颜亲自发放的请帖，持帖而来的必定是她熟识的人，一会儿你进去后打算怎么解释自己是谁？"

微萌没反驳也没生气，只是抓住他的袖子扬扬得意地笑："我又抓到你了！"对于她来说，能不能混进鉴赏大会不重要，切切实实把段青抓回手里才是最重要的事情！

段青把自己的袖子从微萌手里夺回来，然后慢慢将南沙镇发生的事情讲给她听：

那天夜里，他打算探入侯员外府宅的时候，才刚到大门口就中了埋伏遭到暗杀。只有脚底功力拿得出手的段青遇到这种真枪实弹的战斗场面，也只有脚底抹油开溜了，那伙黑衣人一直穷追不舍直到把他赶出南沙镇。

"那你怎么不回来找我？我足足等了你三天！"

"那伙杀手整天在城门口徘徊，我根本没办法进去。到第四天的时候，那些巡视的人突然不见了，我回到南沙镇发现你已经不见了，然后我还看到了你和我的悬赏令。"

官府放出布告说段青杀了侯员外一家十口，现全境内悬赏通缉。虽然段青早就因盗窃罪名列入官府通缉名单榜首，但人命案毕竟跟小偷小摸不是一个档次，现在段青已经被推至风口浪尖变身人肉靶子了。

微萌皱眉："这件事情跟我有什么关系？"

"有无数目击者愿意作证，当日是你和我一起出现在南沙镇的，所以你当然是我的同伙。"

"诬陷！这是绝对的诬陷！"

段青不耐烦地打断微萌的嚷嚷："废话！当然是诬陷！我连侯员外家的大门都没迈进去，怎么可能杀了他一家十口！"

微萌默默地崩溃了……想她一介良民，虽然最大的梦想是发家致富当上小财主，但她不偷不抢不坑不骗，每日凭借敏锐的头脑辛勤工作，这样本本分分老老实实的五好少女怎么就能躺着中枪了呢！究竟还有没有天理天道了！

第六章 不如讲讲你和欢颜的故事？

清白无瑕的生平履历里被平白无故添上了这样一道黑，微萌自然是不干的，她连哭带闹地吵着让段青去官府把事情说清楚，她想反正事情与他无关，那么他去做个笔录交代清楚事情始末提供线索协助官府断案，轻轻松松洗掉嫌疑就好了——这是多简单的事情啊！但是那个浑蛋就是死活不应。

段青不应自然也有他的道理，想他堂堂一介怪盗，官府想抓他都想疯了，像微萌所说的去协助官府断案……那岂不是自投罗网吗！所以他宁可背上这口黑锅，反正人在江湖飘，哪有不被溅上点脏水的。

实在被微萌吵得烦了，段青只得挠挠头摆出一副"一人做事一人当"的英雄气概的样子，许诺说："那以后你就跟着我吧，我会对你负责到底的，绝对不会让你被六扇门抓走。"

不料，这句话不但没起到任何安抚性效果，反倒让微萌联想到了今后颠沛流离朝不保夕的悲惨流浪生活，于是她更加绝望更加崩溃了……

"没事做的话，就跟我一起去找那个女人问个清楚吧。"

那个女人？微萌疑惑地看着段青。

后来她才知道，原来段青口中的"那个女人"就是红妆坊坊主欢颜，而且他去找欢颜说要"问个清楚"的事情……竟然是侯员外家失踪的那块苏纪石的下落！

而且更让她吐血内伤的是，欢颜淡淡说了句"不知道"，然后段青竟然"哦"了一声就掉头打道回府了！

虽然表面上安静顺从地跟着段青走出红妆坊，但微萌心里那叫一个憋屈窝火啊——来回总共不超过三句就结束对话了，你对得起咱们路上花的时间和体力吗！

可是段青却心情很好，他得意地摊开手掌，对着光线看他顺手偷出来的那块好似封印住海浪的海蓝色石头："不愧是红妆坊花大价钱搞到的海泪石，果然极品。哎，你喜欢吗，喜欢的话我拿来做簪子送你啊！"

"不要。"微萌看都没看他，就没好气地拒绝了。

"这块石头可是无价之宝，难得我好心想补偿你一下，不要就算了。"

"如果你真的想补偿我的话……就给我讲讲你和欢颜的故事吧！"作为江湖八卦第一刊的金牌记者，微萌随便嗅嗅就能闻出奸情的味道，所以她随便看一眼就能看出段青和欢颜的关系非比寻常。

不出所料，段青拒绝交代。

微萌也不使劲追问，就算他不肯说，她也有办法查得到！江湖上关于段青的事迹并不多，但是作为鼎鼎大名红妆坊的坊主欢颜，可供挖掘的旧消息就太多了。

## 七 这个秘密不能说

微萌跑去了《八卦江湖》老板的家宅。

在那个死老头的地下室里，有一间清凉防潮的石室密道，里面的书架上层层叠叠的卷宗内记录着整个江湖的起源发展史，大到帮派纷争吞并，小到武当掌门去少林寺借过酱油，事无巨细全部一一记录在案，这是《八卦江湖》历代继承者辛苦传承下来的宝贵资料。

微萌按照标签记录的时间，从五年前开始翻阅近代江湖史。微萌坐在地上，开启了人工搜索引擎模式，从那厚厚一摞江湖近代史中搜索关键词——欢颜。

根据江湖史书记载，欢颜并非是真正的红妆坊第四代坊主。

第三代坊主环依在生下女儿欢颜的第八年，不声不响彻底背弃红妆坊离家出走了，于是作为她唯一嫡亲血脉的欢颜理所当然被寄予厚望，被推举上了代理坊主的位置。可惜欢颜并没有遗传到母亲做钗的天分，不过好在基因突变生了副绝世花颜，再加上后天培养出来的超强交际手腕，竟也咬牙将红妆坊撑了下来。

蜡烛燃尽，微萌终于翻完了全部的卷宗，随手将卷宗凌乱地丢回书架，她顺着密道另一个出口直接溜出了老板家宅。她才从枯井里爬上来，眼睛还没来得及适应光线，就听见熟悉的声音飘了过来："躲官兵都躲到井底去了，你是老鼠吗？"

"段青？你怎么会在这里？"微萌眼睛里的盲光逐渐消退，取而代之的是那人上挑着的眉眼。

"当然是来找你的。你一声不吭就消失了，我过来看看你是不是被抓走了。"段青伸手把还趴在枯井边缘的微萌拉了出来。

他说这句话的时候正弯着腰扶她,呼出的气息喷洒在她耳朵上。微萌顿时没来由地身体一震脸上一红,不管自己站稳没站稳先推开了段青,结果一个趔趄差点儿摔倒。等站稳了后,她抬头问了段青一个问题:"你娘叫什么?"

"环依。"

微萌咬住下唇,如果那些江湖史书没有记录错的话,段青果然是欢颜同母异父的弟弟。当初环依离家出走,其实是走到段家做小妾了,也不知段老爷年轻时究竟有怎样的人格魅力,竟然勾得红妆坊坊主背叛自家产业转而为他的金铺设计头钗。

如此看来,虽然现在的情况是一个主动挑起战局,另一个只是被迫应战,但的确是姐弟俩为了争夺"天下第一钗"相互厮杀。

微萌看着段青一副坦然的样子,多半是对两人的关系毫不知情,可是欢颜究竟知不知道就难说了……

微萌想如果把真相告诉段青,说不定他会有办法结束这场无意义的争斗。可是,她又怕道破了这个真相后事态直接简化为无,她实在是不想让自己押上后半生命运的那本未来畅销书的精彩情节化为泡影。

段青盯着她来回变换的脸色看了半天,最后等得没耐心了,主动开口问:"你到底想说什么,说吧。"

"没事。"微萌扭过头去,艰难地回答。

为了未来!为了事业!为了钱途!她决定生生吞咽下这个秘密。

### 段青不想被任何东西囚困住

微萌从来就不是能够藏住心事的人,现在有这么大的一个秘密窝在心里,简直撑死她了。在她连日来心神不宁和几番欲言又止之后,段青终于忍不住了,他误以为她是被通缉犯的身份所困扰导致的寝食难安,所以连着主动爆料了好些事想让她开心一点儿。

传闻中的段青公子巧入东海取珠、夜闯皇陵盗墓,上天入地无所不能。但据段青说,入东海取珠那件事纯属谣言,因为他根本不会游泳!这个谣言是东海村里的渔民传出来的,那年他们没能打捞到东海珍珠无法交上当年的贡品,怕圣上怪罪,于是编出这样的谎话,说是段青公子入海盗取了所有的东海贡珠。至于盗窃皇陵那件事情更是诬赖,明明是守陵人监守自盗,却把一切都推在段青身上,陵墓里失窃的都是黄金玉器,又不能做钗他要来作甚!

接下来类似的谣言层出不穷,段青其实是莫名其妙被黑白两道给捧红的。

微萌听得入迷,没想到江湖人气排行榜之首段青公子的背后,竟然还有这样隐秘的故事。

"所以说,这起谋杀案即使查不到真相,我也不会让它连累到你,你不用担心。"段青以这句话作为整套故事的结束语。

"我并没有担心这种事情啊!我又没有案底,大不了找个地方藏起来,官府找不到我的。"

"那你究竟在愁什么呢?"

段青这样一问,那束快灭掉的火苗又嗖地燃烧起来,烧得微萌煎熬难耐。思考了良久,她决定做人要厚道一点儿,既然段青都已经告诉了自己这么多秘密,那么自己也该与他分享秘密才对!

微萌没想到段青在听了自己的爆料后,竟然表现得极为淡定,他说他早就知道了。他知道欢颜是自己同母异父的姐姐,他还知道侯员外的事情其实是欢颜搞的鬼,她一直希望能把自己弄回红妆坊接任坊主,可惜他留恋江湖不肯做什么坊主,于是欢颜才出此下策,逼得他走投无路断了江湖后路,到时候她便会利用人际关系替他摆平此事,让他安心地经营红妆坊。

段青说,他不想让自己被任何东西囚困住。

## 第九卦 我很聪明吧,你快点表扬我

当段青表明自己不愿被任何东西所囚困后,微萌拍着胸脯保证,这件事情她会替他摆平,确保他不被红妆坊那个小家子气的首饰店困住,她会让他继续随心所欲地游历江湖。

然后,微萌丢下句"有要事处理",就撇下段青独自跑了。

三天后。

微萌带着准时出刊,已经顺利散发到整个江湖人士手中的新一期《八卦江湖》,扬扬得意地出现在段青面前。

《八卦江湖》头版头条赫然印着"江湖人气排行榜大变动?揭秘段青公子",详见第1版、第2版、第3版……第N版。换句话说,这期《八卦江湖》整个是段青的专刊,从头到尾揭秘了他的喜好憎恶,并以悬疑小说的手法揭示了段青、红妆坊和侯员外命案的关系。

专刊中说,红妆坊有意聘请段青做名誉顾问,目前双方正在友好洽谈之中,但却有红妆坊内部败类意图伺机铲除欢颜篡夺坊主之位,于是设下南沙镇侯员外一家的命案圈套嫁祸段青,目的是以此牵连曾多次与段青私下面谈的欢颜。另外还配了专门版面为红妆坊免费做了软广告。

段青看了这样的说法后哭笑不得:"难道你以为这么做了,欢颜就会罢手?"

微萌贼兮兮地笑着回答他:"你就等着看吧。"语气里满是自信和笃定。

果然,没过两天官府就撤销了段青和微萌的通缉令,并宣布已经从红妆坊内部揪出了设下圈套犯下命案的真凶。

其实,这篇报道并非全是微萌一个人杜撰的,做新闻的要以事实为依据,是要遵守职业道德的!所以当日微萌离开段青后,直接跑去红妆坊找欢颜了,她就凭着自己这三寸不烂之舌,硬是从冷言少语的欢颜那里挖到了真相——

欢颜之所以这样不择手段也要把段青弄回去接任坊主，无非是因为她知道自己缺少设计新发钗的才华，对这个行业来说，发展壮大的根本是不断推陈出新，她生怕百年家业毁在自己手中，所以才不惜任何代价要把段青的江湖路斩断。

经过微萌分析，欢颜不过是需要新钗来维持红妆坊的生意，那么只要聘请段青做名誉顾问，定期按时交给她新钗的设计图纸就行了。

"所以欢颜同意了你的建议？"段青问。

微萌得意地点头，一副"我很聪明吧，你快点表扬我"的表情。

段青摸摸下巴，继续问："你怎么知道我会答应做什么名誉顾问？"

"你说只要我能把自己择出命案，随便做什么都行啊！现在我不光把自己择出来了，还超常发挥把你也择出来了呢！还不快谢谢我！"

可是段青却干脆利落地拒绝做名誉顾问。微萌没想到他竟然这么直截了当地辜负了她一片苦心！她气急败坏地追问缘由，段青却慢悠悠地吐出五个字——我、不、会、画、图。

哎……就这点小事啊！微萌依旧是一拍胸脯："没关系！我会画设计图稿，我帮你！"

其实真相是微萌找到了第二份兼职，她受雇于红妆坊，负责收集段青设计的样式图。

三炸两炸就炸出真相的段青，挑着眉毛问她："你怎么知道我会同意你跟着我？"

微萌得意地扬起下巴，盛气凌人地说："用不着你同意，我轻功比你好得多，你根本甩不掉我！"

于是就从这一刻开始，微萌彻底缠上了段青，尽职尽责地收集他所做发钗的样式图纸，定期将图纸交给金主欢颜。拿着欢颜给的沉甸甸的丰厚回报，她欢乐得都快不知道自己姓甚名谁了。

看着她乐此不疲的样子，段青不自觉地笑了，笑容中夹带着她根本无暇去察觉的温柔。其实可以甩掉一个人的方法有很多，并不是非要拼轻功才行，只是很久以前他娘就教过他，两个人若要终成眷属，总要有一个先耍流氓才行，所以他觉得自己身为男人应该大度一点，至少给她一个耍流氓猛追自己的机会。

所以说，微萌能够死缠烂打段青这么久，并非段青甩不掉，而是他不想逃。

两年后，江湖上有个叫作微萌的财迷小姑娘，实现了她出道时的梦想；与此同时，连续三年蝉联江湖人气排行榜之首的段青公子因为娶妻关系跌出排行榜前十位。当然，此乃后话了。❀

这个世界上，肯这样以命相护的，能有几人呢？

## 娘亲十八岁

文/木清心 图/唐琳（A2动漫工作室）

## 一 流年不利

万雪桐觉得流年不利。

与爹娘赌气离家出走没什么，在看热闹时被人摸走钱袋才是罪大恶极。无奈之下，她只能去做梁上君子。

她夜里刚翻上华美府邸的院墙，周围就出现好些黑衣人。她吓得飞也似的逃走，临了回头望了眼府邸，上面赫然写着"翼王府"。

王府就是大牌，偷个东西连暗卫都出动了！万雪桐默默吐槽。

万雪桐气喘吁吁地躲进巷子里，她正想着今晚要在哪里度过，脚下突然绊到东西，一个踉跄差点摔倒。

"谁不爱护环境，竟然乱扔东西！"她嘴里埋怨，踢了踢脚下的东西，竟是丝毫未动。

万雪桐方觉异样，蹲下身借着月光朝地上看去，入眼是一名容貌俊秀的男子，嘴唇发紫，分明是中了毒。她伸手一摸他的脖颈，气息尚存还能救活。

摸了一把他的脸，万雪桐挑眉暗忖，好吧，见你长得不错，本姑娘大发慈悲救你一命。

## 之淳，是至蠢吧！

万雪桐是江湖上销声匿迹二十年的药王和毒仙的独生女，爹娘的本事学了七八分。

破庙里，她将银针收好，长吁一口气。男子中的是剧毒，不知他用什么方法克制部分毒性，才没被立时夺去性命。

瞧他头束玉冠，锦衣华服，定是有钱人家公子。等他醒来，一定要宰他一顿！

怕他跑了，自己啥都捞不到，她解下他身上的玉佩，收进怀里。做完这些，她靠在柱子上，迷迷糊糊地睡着了。

早上，她是被人戳醒的，昨夜救下的男子正眨着眼睛，一副纯良无辜的表情看着她。

一双桃花眼差点吸走她的魂，万雪桐如坠云雾，男子却一咧嘴，欢快地朝她喊："娘！"

她有这么老吗？！

万雪桐气得两颊鼓鼓："谁是你娘！"

对方一听，红了眼眶，抓住她的衣袖，抽泣道："我惹娘生气了吗？娘为什么不认我？"

万雪桐真想仰天长啸，他是天生白痴，还是……她转念一想，伸手探脉，脸色越来越差。

好狠心的下毒人，竟下了双簧毒！若他侥幸不死，智商就会变得如三岁小儿。也怪自己昨日大意，没发现这点。

万雪桐皱了皱眉，问道："你知道自己的名字吗？"

男子歪着头，眨着眼睛想了想："之淳，我叫之淳。"

之淳，是至蠢吧！

"哪，我不是你娘亲。你现在醒了，咱们就各回各家吧！"

还好拿了他的玉佩，不然亏大发了！万雪桐起身准备离开，不料——

"娘亲，之淳做错什么了？娘亲不要丢下之淳！"之淳死死抱着她的腿，万雪桐连拔两下都没挣出。

她假装妥协："好，我不丢下你。"

之淳闻言才松了手，她趁机飞身窜进树林。刚庆幸终于将他甩掉，万雪桐就被人从后撞倒，吃了一嘴的泥。

"娘亲，之淳追上你了！"

他笑得一脸灿烂，万雪桐却犹闻噩耗。这家伙的轻功这么好！她回头看他那张俊容，只能叹流年不利！

## 三 你是来砸场的吗？

长安街上人来人往，万雪桐蹲在路边唉声叹气。

之淳凑过脑袋，撇着嘴说："娘，我饿了。"

万雪桐白了他一眼，没好气地说："饿了就喝西北风！"

她也饿啊，没钱怎么办？漫无目的地走着，万雪桐看到前方醒目的招牌——小倌馆？再一瞥之淳，邪恶的想法闪进脑中。

之淳长得好，若是卖进去，估摸着有个好价钱。万雪桐皱眉思索，可他是个有钱人家的公子，一入烟花之地，那就……

"咕噜——"肚子饿的声音传入耳中，万雪桐一咬牙，这家伙一看就是风流种，指不定祸害过多少良家妇女，不用可惜！

她大手一挥："走，进去吃好吃的！"

馆里的老鸨一看到之淳，就像看见金元宝从天而降，乐得脸上的白粉都笑掉了："哟，这位公子长得真俊！"

之淳吓得躲到万雪桐的身后:"娘亲,有妖怪。"

老鸨讪讪笑道:"公子幽默更讨客人欢心。"

万雪桐脑海中立即浮现之淳与客人调笑的场景,心里忽地闷闷不乐。努力忽略,她拽着老鸨到一边谈价格。

成交后,她回到之淳身边:"你先在这儿吃东西,我办点事就回来。"

之淳扬着俊俏的脸,眸中尽是担忧:"娘亲会回来找之淳吗?"

万雪桐心中一颤,不敢直视他的眼睛,低着头道:"会的会的,你在这儿听话。"说完拔腿就跑。

坐在酒楼里,热气腾腾的牛肉面摆在面前,万雪桐却没了胃口。她忐忑不安,甚至生出之淳能从后面再度将她扑倒的念头。回想这几日相处,他总是乖巧地任她使唤,再设想往后他在馆里被人欺凌,声声喊娘的画面,她握筷子的手颤抖不已。

不行不行,要真把他丢那儿了,她这一辈子都不会心安!她转身跑回小倌馆。

万雪桐刚踏进大堂,就看见满地狼藉,几名彪形大汉倒在地上。老鸨见到她扑了过来,哀泣道:"你是来砸场的吗?"

之淳也看到她,拍飞准备拿椅子砸他的大汉,冲进她怀里:"娘亲,坏人要抓之淳!"

竟是个练家子!万雪桐抹了把额上的汗,将他从自己怀里拉出,看他受尽委屈一般地撇着嘴,掐了掐他脸蛋:"没坏人了,别害怕。"

万雪桐牵了他的手就要走,老鸨适时喊住:"姑娘,你收了我的钱还砸了我的场,就一走了之?"

万雪桐顿了脚步,心思转了几个弯:"不然,我们这样?"

### 第四章 我不会再丢下你的

长安街上的小倌馆来了位绝世帅哥,一颦一笑都勾魂摄魄。

之淳在帘幕后,任万雪桐束发:"娘亲,之淳不喜欢见那些人!"他薄薄的嘴唇抿在一起,"他们看之淳的眼神好可怕。"

当日跟老鸨商量好,让之淳在馆里陪酒还钱,免不了让客人如狼似虎地盯着他。偶尔有人想拉拉小手,万雪桐都及时阻拦。她不怕他吃亏,只怕他把人家的手给折了。

"有人陪着喝酒不好吗?"

之淳摇头:"之淳只喜欢娘亲陪。"

他说得直白,万雪桐脸上一红,假意咳了一声,掩饰自己心跳加速。

小倌馆里鱼龙混杂,不适合之淳。尤其那些人色眯眯地看着之淳,确实让她郁结。再待上几日,等存些钱傍身,就带他离开。

晚上的小倌馆清了场,原是点了之淳作陪的是东齐国的威武将军。将军刚班师回朝,路过云州听到传闻,兴起要见上一面。这事又不能让别人知晓,折了将军威名。可没想到将军一见到之淳便大惊失色,夺门而出。

万雪桐百思不得其解,但看在有银子入账的分上,也不多想。

夜里,之淳抱着枕头偷偷跑进万雪桐的房间,钻进她的被窝。

身边突然多了个人,万雪桐吓了一跳,见是之淳才安了心:"怎么跑我这儿来?快回去!"

之淳耍赖不肯走,抱着她的手臂说:"娘亲,我总觉得有不好的事要发生。"话说到这儿,又红了眼,"就像娘亲那日将之淳一人留在馆里一样。"

万雪桐一惊,没想到他傻虽傻,却是敏感,含糊地回他:"说了不会丢掉你,干吗这样?"

"之淳害怕。"他抱紧她,像是要牢牢将她锁在身边。

万雪桐心中一软，哄他："我不会再丢下你的。"

劝了半天，她还是没能将他弄回房间。反正之淳像个孩子，万雪桐也听之任之。

她迷迷糊糊睡着，突然听到有人尖叫："走水啦！"

万雪桐一个激灵爬起来，房间里浓烟密布。她咳了两声，将之淳叫醒："之淳，馆里着火了，快把衣服穿好逃命！"

趁他穿衣时，万雪桐推门查看情况。门一开就看到对面之淳住的房间房门敞开，里面一团凌乱。脑海里有什么想法快得她来不及抓住，回头见之淳已穿戴好，她拉着他就跑。

楼下火海一片，她带他从三楼窗户跃出。刚到地面，就有几个黑衣人朝他们发起攻势。

万雪桐轻功绝佳，武功却只能自保，好在身边有个深藏不露之之淳，勉强可以应付。

打斗了一阵，她想起身上带着一包配好的药粉，立即从腰间取出，朝迎面砍来的黑衣人洒去。黑衣人还维持着砍人的姿势，万雪桐得意地拍拍手，心里默数一二三。

她"三"还未数到，就听之淳颤着声音叫道："娘亲，小心！"随后他纵身一扑，将她护进怀里。疼痛没有如期而至，之淳诧异地回头望去，刚还举着大刀的黑衣人，已经倒在地上。

万雪桐心中万千感慨，见其他黑衣人围来，赶紧向他们洒去药粉。拽过发愣的之淳，她低声说了句"别呼吸"，施展轻功，带他离开。

## 五 你到底是什么来头？

一路逃到北边郊外才放慢步伐，万雪桐注意到之淳手上受了伤。他之前扑过去保护她，才没躲开刀。

万雪桐一边替他清理伤口一边骂："蠢死了，哪有看到对方打来还不招架的？"

之淳委屈地小声说："之淳担心娘亲。"包扎伤口的手一顿，她又听他说，"之淳是男子汉受伤没关系，但不能让娘亲出事。"

讲不清心中是感动或是其他，万雪桐抬头看他熠熠生辉的眼，忍不住伸手抚上他的俊颜，低喃了一句"傻瓜"。

这个世界上，肯这样以命相护的，能有几人呢？

处理好伤口，万雪桐思考发生的事。小倌馆突然着火不是意外，她没得罪过谁，而之淳的房间被人翻查，他们的目标应是他。最有嫌疑的，便是吓得逃走的威武将军。

"你到底是什么来头，怎么会惹上威武将军？"看之淳一脸茫然，万雪桐无奈叹气。

没过多久天就亮了。

万雪桐在郊外找了户人家，安置了之淳，又回城探听情况。

小倌馆被一把火烧了，老鸨等人被带走。城门口加派士兵盘查出城百姓，说是要捉拿朝廷钦犯。接下去恐怕就要挨家挨户地搜查了吧？万雪桐颦眉思索，返身回去。

之淳今天倒没闹着要找她，兴许是隐隐觉得有重大的事发生。他倚在门框翘首等待，看到她回来，兴奋地扑上去，搂着叫了好几声"娘亲"。万雪桐之前一直反感他这么叫，现下听来异常顺耳。那好似代表着，在世间，她是他唯一可以去信任和依靠的人。

她觉得欢喜。

万雪桐向农妇买了两套衣裳，将之淳乔装成姑娘后带着他出城。

### 六 不管未来遇到什么事，我们都要一起面对。

离开云州，万雪桐便想着回落霞谷，让爹娘诊治他。唯一的难题是——他们还是没有钱。

摸摸身上仅存的几文钱，再看看身边盯着馒头舔嘴唇的之淳，最后低头看到脖子上挂着的玉佩，她脑筋一转，看来只能当了它。玉佩是当日救之淳时从他身上拿来的，之后她怕丢了就穿了线挂在身上。

走进当铺，她拿出玉佩典当。典当行的朝奉接过手，随即皱起眉，对着日光看了许久，才问："这是你的？"

万雪桐咽了口口水，之淳喊她娘亲，既是一家人，就不用分你我。

"是……"

朝奉差了个后生，耳语几句，后生走后他又换了笑容说："这是上好的玉，当铺里一时没那么多银两，我让人去取了来。"

信你才怪！万雪桐腹诽。

"你随便给个几百两或者几十两都成，我急着用！"话刚落音，万雪桐就听到当铺外传来惨叫声。她一急，玉佩也顾不上就冲了出去。

之淳将那后生撂翻在地："娘亲，他欺负之淳。"

朝奉也出来查看情况，见到之淳一怔，哆嗦着喊："主……"

"猪什么猪？"万雪桐打断他，"别以为之淳傻就能欺负他！"抢过朝奉手中的玉佩，她拉着之淳就跑。

朝州城也不能待了，瞧朝奉和后生的古怪样，说不定也是威武将军一伙的。万雪桐带着之淳往南走，夜里就宿在林中。

之淳靠在她身边，张嘴问："娘亲，我们一直跑是不是之淳做坏事了？"

心里咯噔一声,她干笑道:"没有的事。"

之淳垂了眼睑:"娘亲,之淳是你的负担吗?"他泫然欲泣的模样让万雪桐跟着一起揪心,"不然娘亲……丢下之淳吧。"

万雪桐当即沉下脸:"什么负担不负担,我遇到你就不会半路撒下!"她才不能丢下他,他愿对她以命相护,她就要千百倍地对他好,况且……没他在身边,她会日思夜想,寝食难安。

万雪桐捧着他的脸,认真地说:"不管未来遇到什么事,我们都要一起面对。"

之淳暗淡的眼睛一瞬光华流转,在她被迷得七晕八素时,"吧唧"一口亲在她脸上。

"小……小色狼……"万雪桐半晌才回过神,红着脸骂道。

这厢两人亲昵,一队人马已悄然靠近。待万雪桐察觉之时,他们已被团团围住。

## 七 主子?还是竹子?

该死的威武将军,跑了这么远还不放过他们!万雪桐眼冒火光,将之淳护在身后。

对方来了十三人,皆是黑色劲装疾服,脸戴面具,个个都是高手。

领头人朝前走来,在距他们三步远时,突然抱拳,单膝下跪。万雪桐眼皮一跳,掐了之淳一把,听到他"啊"的一声尖叫,才确定眼前不是虚幻。

黑衣头领沉声喊道:"主子,我们来迟了。"

主子?还是竹子?

"你……在叫谁?"她试探地问。

对方抬起头,目光直直地望向她身后的之淳。万雪桐也回首,之淳依旧无知地朝她笑。

黑衣首领发现不对劲,把目光移到万雪桐身上:"主子怎么了?"

她回道:"之淳中了剧毒,我帮他解毒后虽是性命无忧,却变成这样。"

黑衣首领略显激动地站起身,嘴里暗骂一句,继而向万雪桐抱拳谢道:"多谢姑娘救了我家主子,他日必将十倍报答。"

万雪桐挥手矜持地笑:"不用,救人一命胜造七级浮屠!当然你们若是盛情,我也却之不恭。"

黑衣首领满头黑线,还是清了清嗓子道:"这些日子麻烦姑娘了,现下主子的安危便交由我等吧。"

这是什么意思?要把之淳带走?万雪桐心中一紧,万分不舍。之淳拉着她的衣角,喊她"娘亲",语气里也有着不安。

"不行!"她拒绝,看黑衣人危险地挑起眉,她脑子里灵光一闪,"是之淳不想离开我!"

之淳配合地嚷着"我不要离开娘亲",她得意地一昂头:"他是你主子,主子都开口了,你敢违背吗?"

黑衣首领明显犹豫了一下:"可主子的毒……"

"你放心,我正要带他回落霞谷,请我爹娘来帮他清毒。"

听到落霞谷三字,黑衣首领双眸一亮:"药王和毒仙是姑娘的父母?"听到她肯定的回答,他长舒一口气,"那我便跟姑娘一起去。"

嘻八卦还好,他还是在意她的之淳。

黑衣首领名唤柯屿,是之淳手下暗夜十三侍的首领,朝州当铺是之淳设下的秘密据点之一。当日朝奉见到玉佩,再想到主子失踪数日,便想留下万雪桐盘问。可却拦不住他们,朝奉便赶紧通知暗夜,顺着他们的踪迹追去。

柯屿说要跟着去落霞谷，她初时心有疑虑，要求只准他一人来。他同意后，她留心观察并没人跟踪。这一路他打点一切，对之淳态度恭敬，眼看再赶一天的路程就能到落霞谷，她才放心。

晚上留宿客栈，万雪桐睡到半夜感觉有人在床前，刚想开口，冰冷的剑刃就贴上她的脖子。她霎时清醒，一看来人惊道："柯屿？"

柯屿冷笑："识时务的就把主子的玉佩交出来。"

自万雪桐得知朝奉仅凭玉佩就认出之淳，料想它十分重要，便偷偷藏了起来。她强装镇定："之淳就在隔壁，你不怕他听到声音寻来？"

"他房间的茶水被我下了药，再大的声响也弄不醒！"

"噢？那恐怕要让你失望了。"

清冷的男声传来，房间里一下亮堂。之淳燃了烛火，端坐在椅子上，望向柯屿的眼里一片冷漠。

柯屿大惊失色："主子，你……"

"主子？"之淳打断他，脸上浮起嘲讽的笑，"一路上你不断与二皇兄联络，既是投靠了他，这声主子我可不敢当。"

柯屿脸色难看，见之淳手一扬，玉佩就在他掌心出现。

"用来召集暗部的玉佩，二皇兄留你在我身边是为了它吧？"之淳慢条斯理地说，"你翻查各处都找不到，却没想过她把玉佩还给了我。"之淳笑得有些轻蔑，"是啊，谁会把重要的东西放在傻子身上？"

他哪里是傻子？万雪桐惊讶地看着之淳，他怎么好了？

像是看出她的疑惑，之淳解释："这块玉佩来自西域雾绵山，能解百毒。所以二皇兄下了剧毒，也没能夺去我的命。"

万雪桐咬着唇，露出尴尬的表情。若不是她贪财，摸走他的玉佩，估计他早就好了吧？

柯屿手心里都是汗。先前万雪桐对他有防备，硬拼的话他不是之淳的对手。他还担心若是先解决他们,找不到玉佩,以二皇子的狠戾,他也没命活。眼看马上就到落霞谷,万雪桐也放下戒心,再不行动就没有机会,他才冒险一试,却还是功亏一篑。

柯屿用刀抵住万雪桐:"别忘了,她还在我手上。"

"威胁我?"之淳朗朗笑道,"我会在乎一个女子的性命?"

万雪桐脸色一白,难以置信地看着他。他不是之淳,之淳不会冷眼看她陷入危险中。

柯屿一怔,失神间之淳欺身而上,将万雪桐救下,让她先走。她刚想离开,房间又拥入许多埋伏好的人。

万雪桐这回想走也走不了,何况她也不能将他一人丢在这儿。她从腰间摸出买来的蔷薇粉,嚷着"试试我新研制的毒粉",朝围攻之淳的人扔去。

那些人被唬得一愣,之淳趁势划破他们的喉咙。万雪桐回头,看见柯屿偷袭挥剑刺来,她来不及思考就扑了上去。

耳边是之淳心胆俱裂的叫喊声,万雪桐闭上眼睛之前,看到他脸上惊慌万分。

还好,他还是在意她的之淳。

## 第九卦 啊,我要做皇亲国戚啦!

万雪桐醒来时,发现自己回到了家,紧接着看见喜上眉梢的之淳:"你醒了?"

她点头:"我们怎么回来了?"

说来也是运气好,柯屿一剑刺向万雪桐,之淳大怒之下了结了他。他抱着万雪桐,正是六神无主时,突然传来不悦的女声:"大晚上的喊打喊杀,让不让人休息了!"

低沉的男声随后传来:"随他们去,明天还得上路找女儿去。"

"哼,雪桐那死丫头!"

之淳立即想到说话的人可能是药王、毒仙,连忙带万雪桐去找他们,这才救了她。

万雪桐听完"哎呀"一声:"他们看到我为你受伤,没有为难你吧?"

之淳刚想回答,就听到门外不满的哼声:"都说女儿向外,咱们没怎么样就这般紧张,要真做什么,还不把房顶给掀了!"两道身影一瞬间出现在他们面前,便是名噪一时的药王和毒仙。

毒仙袖子一甩,对之淳说:"我女儿为了救你差点豁出命了,你没什么表示?"

之淳望向紧张兮兮的万雪桐,轻笑出声:"自当以身相许。"

在迷失心智时,她已然入住他的心房。生命中多出这样一个人存在,他素来寒凉的心变得温暖柔软。

药王瞥了眼女儿灿烂的笑容,立即接话:"既要结亲,也该把你的身份交代清楚。"

之淳本姓陆,是东齐国君的五皇子,封号翼王。

东齐国君有皇子十位,皇位的争夺在近些年来越发激烈。二皇子多次安排刺杀之淳,皆被躲过。这一次不慎中毒,幸好随身带着玉佩,才克制了毒性。而威武将军,正是二皇妃的父亲。在小倌馆里见到失踪的他,便起了杀心,安排了那晚的大火。

药王听完沉思许久,半响才吐出一句:"啊,我要做皇亲国戚啦!"

万雪桐一口老血,险些吐出。

之淳沉吟片刻道:"我得回去解决好一切才能安心,你等我回来好不好?"

她抬头看他目光澄澈,含着满满情意,狠狠点头。

## 十 之淳，你终于来了

两年后——

万雪桐坐在大石头上扯着花瓣："他会回来，他不会回来，他会回来……"

"傻女儿，"毒仙的声音飘来，"娘早跟你说过，越是好看的男人越会骗人。他一走了之，正是应了娘的名言！"

万雪桐翻了个白眼："这不是邪教那姓殷的妖女说的吗？什么时候成你的名言了？"

毒仙正要埋汰她，药王爽朗的笑声传来："看看谁来了？"

万雪桐心中一喜，连忙抬头。俊秀男子缓步走来，迎着三月霏霏小雨，眉目傲然。她"嗷"的一声扑进他的怀里："之淳，你终于来了，再不来我都要嫁给别人了。"

两年的时间，他辅佐三皇兄夺得帝位，终于回到她身边："你我关系既定，怎么能变？"

"什么关系，也不知谁喊我娘亲许久。"她噘着嘴回道。

"那往后改一个字称呼如何？"他的气息喷在她脸上，勾得她心里痒痒的。

万雪桐红着脸说："那、那你要叫什么？"

之淳扬起嘴角："娘子，如何？"

原来，一切都是她痴心妄想。

## 微臣也想要抱抱
文 / 萌晞晞　图 / 唐琳（A2 动漫工作室）

## 一 女扮男装的废柴统领

"你那边部署得如何？"

季萱萱迷迷糊糊中听到一个低沉的男声在问话。

"一切都按您的计划顺利进行，行宫那边是天罗地网，也没有人察觉微臣的身份……"

两人聊得热火朝天，季萱萱却听得云里雾里，她不禁开始回想这一天……

季萱萱在保镖培训中爬高墙时不慎脑袋着地摔晕，迷迷糊糊醒来时，发现自己莫名其妙来到皇宫，还是一身侍卫打扮！

季萱萱连忙摸了摸自己的喉咙，没有喉结，这才长舒了一口气。

"有刺客——护驾——"紧接着，一个尖锐的声音刺破了她的耳膜，"季统领——"

这一声"季统领"让萱萱身体不受自己控制地冲进传出声音的御书房，大约是这个身体原来的主人还在作祟。既然进来，就做做样子，指挥侍卫捉拿刺客什么的。

没想到，她刚进书房，其中一名刺客就朝萱萱挥剑砍来。

萱萱下意识地举起腰间的佩剑格挡了一下，只是对方力大，虎口大痛，佩剑应声脱手飞了出去。那刺客一怔，估计也没想到堂堂统领就是个脓包，伸手扣住她肩膀，轻巧一抛。

在空中划出一个弧度之后，萱萱光荣地头撞南墙，晕了过去……

晕倒前，她明白了一件事，她穿越了！

"季统领醒了？感觉如何？"温润如玉的声音揭穿假寐的某人。

他问的是偷听的感觉如何？还是身体感觉如何？

萱萱尴尬地坐起，学着古人的样子行礼谢恩："多谢皇上关怀，微臣并无大碍。"这期间她还偷瞄了皇上几眼，修长挺拔的身材，白皙的皮肤，棱角分明却又不显得冷峻的五官，是个年轻英俊的美男皇帝。

皇上点头，扫了她一眼，问道："季轩，朕问你，方才怎么连自己的剑都拿不住？"

安是被皇上知道自己的侍卫统领原本就是个女扮男装的，现在灵魂又被她这个不会武功的废柴给替换了，那她岂不是会死得很惨……

"皇上，微臣……"萱萱抬手扶住脑袋，努力装出神色痛苦的样子，"也不知道……微臣好像失忆了……"

"失忆？"皇上挑眉，"那你怎知朕是皇上？"

萱萱早猜到他会有这么一问，于是道："方才微臣一不小心偷听到您和另一个人的对话，所以……"

"看来你是真的忘了一些……很重要的事情。"皇上沉吟一声，面上相信她的说辞，但仍探究地望着她。萱萱在他的高压逼视之下，抬不起头。

漫长的沉默过后，她终于听到从头顶传来的声音："罢了，你先回房休息吧。朕给你一段时间，好好回想。"

"微臣遵命……"萱萱暂时蒙混过关，松了口气连忙告退。

### 第二卷 云国第一大玩家

那日之后，萱萱经过一番思考，明白自己是穿越到了一个与她在现代时模样无二,女扮男装的"季轩"身上了。

由于她失忆,皇上特别派了亲信——太监总管李公公,来帮助她回忆一下。她由此得知此国叫云国,皇上名叫云晖,原是二皇子。当初某方势力与太子党派争得两败俱伤,太子被斗倒后,那一方势力暂时也无力再掀波澜,云晖就有惊无险地继位了。

云晖登基不到两月,朝政很快回到正常轨道,但他却显得玩性极大,整日在御花园中消磨时间。每年还会去泡泡温泉,狩狩猎。之前萱萱护驾不力一事,让皇上坐实任人唯亲这顶帽子,只因季轩是皇上儿时玩伴。再加上刺客一事,这位年轻的皇帝身边似乎危机重重。

萱萱想,当务之急,把皇上讨好到位准没错。这样等哪日皇上龙颜大悦,格外开恩赏她一个心愿,到时她就可以解甲归田,不做这提着脑袋过日子的侍卫统领了。

于是,从扔沙包、跳房子、套环到弹珠子……每天一个新花样,萱萱都事先备好道具,从此她成为皇上的"玩伴"。

她常常故意输给皇上,再拍几个恰到好处的马屁,让他玩得痛快。但偶尔也会因为演技拙劣而被皇上看穿。

"季爱卿,你故意扔歪,这是小看朕的能力?"

"微臣……微臣昨晚睡觉落枕了,脖子是歪的,所以怎么瞄也不准!微臣也很想套中那个花瓶啊!"萱萱机智地编了个理由。

皇上忍俊不禁:"既然如此,改日再比吧!这瓶子,赏你了——"

"多谢皇上——"

即使故意玩输被看穿,皇上还是会高兴地赏赐她。日子久了,撇开那日装晕偷听到的对话让她觉得云晖有城府有谋划外,平时相处起来他就像一个大男孩,一个简简单单的游戏就能让他展颜,而她仿佛和皇上也玩出了几分不必言说的默契。

"今天又有什么花样?"这日退朝之后,皇上被萱萱要求留在书房,说是室内活动。

"跳绳。"萱萱神秘地拿出一条绳子,开始给皇上做示范,边跳边说,"皇上每日勤政,也要多多运动才有益健康。今日若是玩得开心,微臣可否讨个赏?"

难得今日皇上心情不错,一口就应下了:"季爱卿真是体贴啊!朕心甚慰——"

"皇上过奖,过奖……"萱萱连忙点头哈腰地递上绳子。

然而天不遂人愿,皇上才跳两下就出事了!两人一起摔倒在地。

她怎么蠢到忘记皇上身高,把绳子裁短了,欲哭无泪啊!

更不巧的是,她压住了皇上身上,好在她及时缩手挡在胸前,否则就要暴露女儿身了。

"你真不会武功了?"皇上一双眼仿佛洞察一切。

的确,这两月相处下来,他发觉自己渐渐爱上萱萱失忆后的这份率真机灵。只是猛然失忆确实蹊跷,纵使是亲信,他也不能不留个心眼。

他在试探她。萱萱立即懂了。

"如果皇上不信任微臣,请允许微臣返乡。"萱萱半真半假地说了句。

"还和朕置气了?"皇上却也不恼,轻笑出声,"起来吧,朕的脚扭到了,也算是给你出气了?"萱萱正好撞见他眼底带着的宠溺,让她的心莫名一热。

太医来看过说只是轻微的扭伤,处理过后,萱萱被点名留在书房中"罚站"。

"季轩?你过来……"皇上像招呼一只小猫一样冲她招手,柔声安抚道,"你记着,此事你不说,便没人敢治罪。返乡之事,不准再提,嗯?"

"微臣明白。"萱萱内心划过暖流,刚才皇上若不是拽了她一下,脚就不会扭伤。

"对了,刚才你要讨什么赏?"皇上突然摸了摸下巴,似乎很认真地在斟酌,"这两个月朕玩得很开心,不如朕就封你一个'云国第一大玩家'如何?"

我还"朝鲜第一大长今"呢!萱萱在心里狠狠鄙视了抠门的皇帝,面上却只能叩谢天恩浩荡……

### 第三卦 她是第一个让他开怀的人

十日后,又到了云晖例行泡温泉和狩猎的日子。

汤泉行宫,白玉池外。萱萱十分正直地背对着浴池站着,绝没有一点儿回头偷窥的意思。一旁的李公公倒是十分老练,指挥着宫女进进出出给皇上试水温、更衣、按摩。

是的,按摩!萱萱觉得这种情况下,年轻的皇上必定会兽性大发,然后……估计后宫又要多出一两位娘娘来。想到这里,她又莫名地觉得有些不痛快,忍不住就想回头看看,皇上到底有没有乱来。

"季轩,你进来……"皇上仿佛跟她有心电感应似的,竟然扬声让她进去,还遣走了宫女,"你们都出去吧。力道实在太小了,跟挠痒痒一样。"

让她进去按摩?!当萱萱意识到这点的时候,她只觉得全身血液冲上了头顶,面上烧得慌,颤声问道:"皇上、皇上确定要微臣……微臣只是一名……一名普通的保镖,不会按、按……"

"进来!"皇上已经不耐烦了,催促道。

"是!"萱萱惧于龙威,立刻应了声,视死如归地撩开了帘幔,踏了进去,"微臣进来了……"

一路往里走,萱萱一直半眯着眼睛,低着头,除了看路还是看路,不敢斜视。终于来到皇上的身后,她蹲下。

"过来给朕按按肩膀,这几日奏折批多了,酸疼得厉害。"皇上懒懒地吩咐她。

"是……"萱萱半闭着眼睛,匆匆瞄了一眼,将手搭上皇上的肩头,就急忙紧闭双眼,专心地按捏起来。不过,美男皇上除了相貌英俊以外,后背的线条也显得很有力度啊……

皇上很享受地哼了几声,然后微微转过头,见萱萱一脸紧张地闭着眼睛,问道:"爱卿为何闭着眼睛?"

"皇上龙体,微臣怎敢直视?"萱萱讪笑道。

皇上扯了扯嘴角,笑得难看:"怎么,觉得朕的身材很差,没法入目?"

"怎会?"萱萱急忙纠正,"微臣的意思是,皇上的身材实在太棒了,微臣才更不敢看!"

"你没看过,怎知好坏?这可是欺君之罪……"皇上忍着笑,悠悠道。

萱萱欲哭无泪:"皇上恕罪……微臣、微臣看还不行吗?!"

"哈哈哈——"皇上却突然爆发出了一阵异常嚣张的笑声。

这算是龙颜大悦了吧?只是觉得皇上貌似开始怀疑她性别了……

萱萱还在发呆,皇上充满磁性的声音再次响起:"季轩,你过来。"

"请皇上吩咐。"萱萱低着头小步走到他面前,不敢看他。

"你是第一个让朕真心开怀大笑的人,你放心,朕会把你放在心中,无论发生什么,绝对不会伤害你。"皇上伸手抬起了她的下巴,逼迫她看向自己,目光灼灼。

其实,当一个万人瞩目的天子一定很累吧?更何况他总是在人前做戏。池中雾气氤氲,萱萱竟然觉得皇上的眼底有一种称之为温情的东西一闪而过,呆呆点头:"谢皇上,微臣、微臣明白……"

"所以现在替朕更衣。"

"啊……是。"萱萱欲哭无泪。

## 第四回 她成了刺客的帮凶?

后山围猎这种事自然是少不了保镖。做了一晚上乱七八糟的梦,顶着两个黑眼圈,萱萱半睡半醒地骑上马,一路护驾到后山皇家猎场。

不会骑马的她,跟着皇上在猎场转悠了大半圈,打了不少猎物。见大家都累了,皇上挥手让大家休息。

"李福生,水……"皇上手一伸。

"皇上,水……"萱萱谄媚一笑,递上了一个水囊,"李公公伺候您,不方便拿,就寄放在微臣这里。"

皇上却盯着萱萱递来的水囊,没有立刻接过,反而神色复杂地望了她一眼,让萱萱不明所以。

但仅仅片刻的犹豫,皇上还是接过了水囊,拔起塞子,像下定决心一般,仰头猛灌了好几口,然后随手丢给了李福生:"拿着——"

这时突变却发生了,只见皇上神色一变,痛苦地捂住腹部:"这水,有毒……"

一切都像慢动作一样,她眼睁睁地看着那异常刺眼的鲜血从皇上的嘴角一点一点地渗出,看着皇上无力地向后倒下……

还好李福生眼疾手快,就跟在皇上身边,一把接住了皇上,尖声叫道:"皇上中毒了!拿下乱臣季轩!"

顷刻间,几名侍卫将她押住。

萱萱没有一点儿反抗,只是怔怔地盯着不省人事的皇上。怎么会这样?水!方才喝还好好的啊!

她努力回忆皇上中毒之前的场景,一遍又一遍,一个画面闪现在她的脑海——李福生转交给她水囊之时,那水囊是开着的。如果他此时下毒,便可神不知鬼不觉地陷害给她!

她忍不住想起了浴池中皇上对她说过的话。他不会伤害她，可她却间接害了他……

真希望皇上这次没事……望了他最后一眼，萱萱被侍卫架去天牢。

## 五 原来皇上是个腹黑帝

她想打听皇上生死，却无从下手，只能异常煎熬地在牢中度过了三天。

终于在第四天夜里，一位狱卒打开门，来人正是李福生，他身后还跟着一名小太监打扮的人。

"李福生，明明是你要害……"萱萱不禁破口大骂，却被突然抬头的小太监吓到。

这张脸，和她有一种说不出来的相似，简直是男版的她……

小太监的声音低沉，根本不像阉人："妹妹……"

原来她和季轩是龙凤胎。兄妹二人都是从小练武，在皇上还是二皇子时就在旁守卫。

因王爷刘锋始终觊觎皇位，太子被其所害，皇上表面装出不务正业、一心玩乐的样子，暗地里一直韬光养晦。

身怀重大秘密任务的侍卫统领季轩，为顺利完成任务，掩人耳目，便由长相与他相像的妹妹萱萱暂时顶替其职位。而李福生则是古代版的"无间道"，打入敌人内部做内应。

此次皇上最信任的侍卫统领被李福生诬陷入狱，给了刘锋一党不愿错失的良机，使他们按捺不住而作乱，却不知这里早有部署。

水囊中并无毒药，李福生只是加了些血水进去，好让皇上有血可吐，害得萱萱白白担心。

如此想来，萱萱就明白穿越醒来时听到的对话，那个与皇上对话的正是她哥哥。她虽替代了之前的季轩,却有意无意替皇上演好了这出戏。

"你不再沉默,也不记得之前的谋划,甚至没了武功,但是却变得越发机灵可爱了些。我几次偷偷从旁观察你,发现果真和皇上所说的一样……像变了个人。"季轩目光温和地看着自己的妹妹,"也好。从前总是让你卷入人事端中,我这个做哥哥的,也感觉对不起你。朝廷形势波诡云谲,皇上虽然运筹帷幄,却不能保证万无一失。如今你在地牢虽然委屈了一些,反而最安全。即使失败,皇上已为你安排好了退路,可让你免受牵连。"

萱萱急忙问:"那如果不成,他……不,你们会如何?"其实她第一反应关心的是皇上,却又想起自己好歹是季轩的妹妹,便问成了"你们"。

"妹妹其实很聪明,何必追问?"季轩用兄长特有的眼神望了她一眼,仿佛很是欣慰,"只是皇上让我问你一句,若事成,可愿恢复女儿身,做他的人?"

"我……"萱萱犹豫着,不知该如何回答。原来皇上对她起过这种心思?是在书房中护住她的片刻?还是在浴池中就开始了?

李福生已在外面催促。季轩没等到萱萱的答案,和李福生一起匆匆离开。

若是事成,她应该是愿意的吧。毕竟穿越而来的这些日子,护她疼她的,只有他了。

牢门重新关上,萱萱的心却被一个叫作云晖的皇帝打开了……

### 第六章 不过是一时兴起

等了数日未果。一夜,她被黑衣人击晕。再醒来时,她已置身宫外,素净的厢房,床边放有一袋银子和几张银票。

门外,她认得是从宫中到汤泉行宫的必经之路。

这大概就是她的后路了,那他的安危呢?

"不可能！他不会这么容易就……他这么会做戏给别人看的一个人……我能有后路，他肯定也有！"萱萱披头散发顾不得其他的，出门去附近最热闹的酒馆打听消息。

没想到皇上不仅没事，今日还要从行宫回朝准备筹办与金国公主的喜事。

她半信半疑地听着。就在这时，皇上回朝的仪仗队正巧从酒馆前经过。

萱萱头脑一片空白，抬头望去，正好对上云晖的目光。他果然安然无恙，萱萱的第一反应是松了一口气，冲着他笑了。而他却冷冷地转开了头，仿佛从来不认识她一般。

这种冰冷让人窒息，她为他担惊受怕，他却要过河拆桥，去娶别的女人。她愤怒不已，既然如此，那他当初又何必托季轩问话，给她希望？！

一眨眼，她已来到轿辇前，她要问个清楚。前来拦她的是季轩，她不愿意听他解释，抽出他腰间的剑往自己脖子上一架，怒道："不让开我就死在你面前！"她倒要看看云晖是不是真能对她无情无义！

"放她过来！"

得到皇上首肯，季轩放开她，但其他侍卫都怕她手中的长剑威胁皇上安危，跟在她身后随时准备拿下她。

"民女要告御状。"萱萱听到皇上异常冰冷的声音，不知怎的冷静下来了，缓缓道，"从前有个下棋人下的是大局之棋，他常常把玩一颗不起眼的小棋子。这颗棋子自知起不到大作用，就只希望让下棋人眉头舒展，用尽心思讨他欢心，也甘于被他小小地利用。可没想到，这局棋最后赢了，她反而成了一颗弃子，下棋人似乎彻底忘了她的存在，转而想要将另外一颗精致华丽的棋子握在手中。"

"皇上说，下棋人为何会如此？"萱萱抬起头，怀抱着一丝希望，问他。

"原来是个疯妇……"皇上声音冰冷如水。

萱萱眼中最后的一点儿光芒也终于因此暗淡了下来。也许到了这一步，她只想要一个死心的理由，然而皇上连这点理由都不肯施舍给她。她不知自己手中的剑是怎么被夺下的，也不知自己是怎么被季轩拖到路边的，更听不进季轩的每一个字，还气愤地将他塞来的钱袋狠狠扔到一边后拂袖而去。

原来，一切都是她痴心妄想，一个即将迎娶尊贵公主的天子，怎么会记起她这个不称职的小保镖？能把她从地牢里弄出来，给她钱，算是仁至义尽了。当初，原也不过是一时兴起吧！她却当了真，真傻……

### 七 迎得保镖归

萱萱连夜收拾行李，离开京城，寻一偏僻小镇子住下。镇子虽小，但民风淳朴，农家人看萱萱孤身一人，时常来串门解闷。后来有个老实的庄稼汉子想来娶她，被她婉拒了。那汉子是好人，搭屋子时就帮了她许多。只是，她终究忘不了那个明黄色的身影。

日子一直平静地过着，一日清晨，屋外喧哗无比。

"你们是……"萱萱开门，来人一身金人服饰，"喂——你们这是做什么？"

"公主！可找到您了……"领头的那人穿戴最为奢华，见到萱萱后立刻跪拜在地，神色激动，"你们还不快扶公主上轿！"

萱萱还没明白过来，就被两个金人半扶半架地弄上了轿子："你们是什么人啊？我不是什么公主，你们是不是认错人了？"

"您就是我们的公主，完颜萱萱。"领头人向萱萱又行了大礼后，就不再理会她，"起轿——"

就这样轿子颠簸着走了很久，黄昏将至之时，昏昏欲睡的萱萱被抬进皇宫之中皇上刚刚扩建好的清宁宫门口。

清宁宫，这不是皇后居住的宫殿吗？她吃惊暗忖。

见她一脸疑惑，李福生咳嗽了下，将事情的原委简单地告诉了她。

以萱萱原本的身份，缺乏强势身世背景，若成为皇后，他日必定如履薄冰。皇上不愿委屈她，就想给她安排个显赫点儿的家世。正巧金国与云国世代都有联姻之习俗，但如今金国国王只有一位胞妹，舍不得远嫁，皇上便动了这个心思，与金国国王一商量，索性让萱萱顶替成金国的公主，既成全两邦友好，又让萱萱嫁得风风光光，两全其美。

"我、我以为皇上不要我了……"萱萱红了脸。没想到云晖替她考虑得如此周全。

"谁不要你了？"落日的金色余晖洒在清宁殿前高高的台阶上，皇上不知何时已经站在了那里，"谁让你不回答我让季轩代问的话，我只好安排这么一出，让你自投罗网——"

不远处的云晖一脸戏谑，完全看不出他是那个在朝廷势力的汹涌暗流中决胜千里的帝王。

萱萱想起之前被他冷待，不由得气恼："那天是谁说我是疯妇来着！"

"我真没想到你的反应会那么激烈。那日那样对你，是因为我要给你这个假公主身份，你冲出来，来日被认出露馅了怎么办？所以我只能冷言喝退你，也怕侍卫当你是刺客伤了你啊。"云晖解释的时候一脸无辜。

"那你要的是我，还是公主？"萱萱一步一步走上台阶，与他对视。

"朕要的是一个可以充当女……保镖的皇后——"皇上借用了她之前的话，坏笑着将她揽入怀中，养公主多破费？这样还可以省下一份俸禄……

我如此喜欢他，也只能尽量做到不拖累他罢了。

## 父王，给女儿来一打王兄

文/岑小沐 图/九遥×莲喜

### 王兄心，海底针啊！

我站在一群娘娘身后，迎接那个前阵子我偶感风寒期间被父王带回来的亲王。说起这个亲王，我到现在还对他十分佩服，莫名其妙横空出世，居然有本事哄得父王给了他军权，竟然还打了一场胜仗回来。

初春的风还略带了些凉意，我低头望着娘娘们被微风吹起的裙角，心里默默地想，这突然蹦出来的亲王，怕又是我那风流成性的父王流落在民间的王子吧。

我还在想着，就听到远处有鼓声响起，估摸着那位凯旋的亲王已经进皇城了。说实话，我还挺想见见大军归来那雄壮的场面，只可惜父王给我纳的庶母太多，乌压压站了一片，以我这身高，站在这么后头，就只能看到一片相同的后脑勺，唉。

昏昏沉沉地站了好一会儿，我都差点儿睡着了，突然旁边的小莲把我使劲往前一推，我一个激灵彻底被吓醒。父王的声音传过来："云嘉来见过荣亲王！"

于是，我从庞大的队伍中站出来，朝他咧嘴笑："见过荣亲王。"

亲切友好的会晤就从我跟他打的这个招呼开始。

父王很高兴，拉着他不停地问打胜仗的细节。我已经又饿又困，自觉主动地缩到后头去，无精打采地想着，看来这个新来的，应该是王兄吧？大概以后会成为储君的大热人选了。

等到各回各宫的时候,他却突然走过我身边,轻声说了一句:"丫头,我回来了。"

我左右看了看,是在跟我说话吗?

不像啊。

可他说完也没其他人回应,难道是自言自语?

唉,王兄心,海底针。

事实上,除了新走马上任的这位荣亲王之外,其他人都是很了解行情的,对我亲爱的父王来说,再多的王子也比不上我这个公主重要,我在王宫基本可以横着走,父王恨不得把我当菩萨给供起来。

这理由说出来就有些凄凉了,因为我朝唯一一个具备和亲作用的公主,是经不起任何意外的。

回寝殿的路上,我一直在思考一个严肃的问题,从三年前父王下江南巡视,给我带回一个成年的王兄之后,我亲爱的王兄们就以每年不下三个的增长速度往宫里运,但他为什么就没有带回来一个公主呢?

凭什么得封地的王兄一个接一个,要和亲的公主就只有我一个?

太不公平了!

为此我还去找过父王,但他给我的答案太过高深,他说:"云嘉,生王子还是公主,这是个概率的问题,你懂了吗?"

我不懂,可看样子父王也没办法给我一个我能听懂的答案,于是我只好作罢。

说起来荣亲王大胜还朝,真是令人解气又舒坦。之前那个猖狂的不知名可汗,被这位新晋荣亲王一收拾,再来折子时语气就明显和善许多,再没有从前要"踏平王宫"的嚣张气焰,改成了"奉上牛羊无数,臣服云国王上"这样比较积极向上的内容了。

也就是说,我能留在宫里,再做几年被众人捧在手心里的高贵公主了。

更直接的改变是,我对这位已经受封成为荣亲王的未正名"王兄",印象开始好起来。

### 其二 公主的记性真是差!

再见到他是在父王举办的庆功宴上,这段日子荣亲王亲率大军、以一敌百、大获全胜的消息已经在宫里传开,最让我开心的是:那个本该由我去和亲下嫁的可汗,这回直接被他干掉了。

因为这件事,我参加庆功宴的时候,心情十分愉快。但这愉快也只维持了一小会儿,因为看一群长得不怎么样,舞也跳得不怎么样,关键裙子都不怎么样的舞娘跳舞真是一件很无趣的事啊。但小莲显然沉浸在那惨不忍睹的舞蹈中了,我没有了聊天的对象。

环顾四周,仿佛只有荣亲王一人也对那舞不感兴趣,一杯接一杯地饮着酒。于是我主动靠过去拉了拉他衣袖:"喂,喝多了酒对身体不好的。"

他正往嘴边送酒的动作缓了缓,顺从地把酒杯放在了桌上,眼神十分随意地落在我身上:"公主多虑了。"

说话的时候,我注意到他腰间佩戴着的是父王从不离身的一块玉佩,我的心猛地一跳,这下所有的猜想都得到了证实,他一定是王兄!否则父王怎么可能舍得把这么重要的玉佩赏给他?我真是太聪明了!

猛然发现了这么大一个秘密,我只好借助咳嗽来掩饰兴奋,然后笑眯眯地看着他:"喝多了酒真的不好的,不如我们聊聊天吧!"

"公主想聊什么?"

一个是久居深宫、差点就已经在和亲路上的公主,一个是流落民间、最近正好差个领兵打仗的将军才被带回宫的王子,我想了想,要找个合适又轻松的共同话题还真是有点困难啊。

好在他十分体贴，主动开展话题道："不知公主记性如何？"

这话题不错啊，当即我就兴奋地朝他身边挪了挪："我记性可好了！小时候父王骂我太皮，我就在他寿宴上偷偷扯掉了给他祝酒的锦妃娘娘的腰带，害得她踩到裙子把酒泼到父王袖口上。还有一次，彦妃娘娘故意害我在父王召见的时候迟到，我就从小太监那儿弄来巴豆下在她进献给父王的参汤里，父王大半年都没理她，哈哈，还有还有……"

"公主既然如此好记性，"我正说得起劲，荣亲王却面色平平地打断我，"不知是否还记得第一次与我相见的场景？"

呃？不就是他凯旋时吗？记性再差也不可能这么快就忘记了吧？我点点头："记得啊，那天你第一次得胜还朝嘛。"

这回他脸上好像有了些不一样的情绪，可我又看不出这到底是种什么情绪。

他似笑非笑地看着我："公主是否想过，将来想嫁个什么样的夫君？"

"这有什么好想的，就算他是个长麻子的二傻子，父王让我嫁我也得嫁啊！"说完觉得这样说显得自己太没面子，于是我又补充了一句，"话说回来，人家娶我之前不是也不知道我是不是满脸褶子的大肥婆！"

我笑眯眯地夹起一块桂花糕往嘴里塞，心想：被我唬住了吧？指望我乖乖听话嫁人？别傻了，不过跑路之前总要做做样子让大家放松警惕嘛。

哪知听完后，他就不笑了，声音也顺带着变得冰冷："看来公主记性真的很差。"

这天晚上的对话就在这句莫名其妙的话中结束。

### 三、难道我就是和亲的命格？

由于我本该和亲的可汗被风头大盛的荣亲王给干掉了，于是一时间，我的婚事就成了整个京城热议的话题。我确实也到了该指婚的年纪，现在不必出去和亲了，当然需要另指一门婚事，本朝唯一一位公主要出嫁，自然抢手得很。

其实我是应该高兴的，毕竟从一开始，我最宏伟的愿望就是能嫁得近一点，最好留在京城里，时不时还能吃点桂花糕。

可是我就是高兴不起来，尤其是当我发现，已经成了香饽饽的荣亲王竟然参加了父王替他安排的变相指婚宴。

看来除了驸马之位外，连荣亲王妃的位置也开始有人垂涎了。

这实在让我很不爽。

可这不爽又似乎没有什么理由。

虽然最近荣亲王跑我的寝殿有些勤，但是荣亲王似乎对这些事情不甚在意，搞得我想旁敲侧击一下都没有个好借口。

我问他为何总在我的寝殿，他淡淡答道："王上命我替他将折子分好类再递上去，你这里离得近，省得我四处跑。"

真是好强大的理由。

他继续写折子，我无事可做，就趴在榻上悄悄看他，这人实在是长得好，然而是跟我完全不一样的那种好。换言之，其实他身为我的"王兄"，却跟我长得一点儿也不像。

这几年父王从各个地方给我带回那么多的王兄，但是个个气质不同，对此，我也曾做过一个大胆的猜想，或许这些王兄也不全是我的王兄，只不过父王太过自信，所以才从不怀疑罢了。

话说回来，这偌大的王宫，多养几个王子也是养得起的，更何况，父王身为一国之主，本就是万民之父，带回来的又都是已经成年的王子，连养都不用养，也不算太亏。

我看着荣王兄英俊的侧脸，一个更加大胆的猜想在我脑子里渐渐成形，如果……如果他真不是我王兄，其实当我的驸马倒也挺不错。

想到这里，我忽然意兴阑珊起来，虽然眼前的荣亲王，从长相到气质根本和父王一点儿也不像，不一定是真的龙种，可就算他并不是我的王兄，也是打着当我王兄的主意来的，又怎么可能当我的驸马呢？

唉。

我正望着他发呆，他突然抬起头来，我赶紧把头扭开。他却站起来走到我面前："你方才在看什么？"

我立刻想到了许多说辞，可把头扭回来我还是答了句实话："在看你啊。"

他笑了笑："你和我从前认识的一个小姑娘真像。"

之后连着几天我都在想，他最后这句话到底是什么意思。

我的贴身宫女小莲试着分析："或者王爷原先有个喜欢的姑娘，然后……"

然后她被迫嫁给了旁人，或是不幸染上重病离世。

爱得这样刻骨铭心，这可真是创作话本的好情节啊。

所以他上战场杀了那个我本该和亲的可汗，现在又找借口日日过来相伴左右，完全是因为我和他心爱的那位姑娘长得像？

赝品也无所谓，聊胜于无？

这想法可真是浑蛋啊。

我想着什么时候一定要问问他，没事总爱往我宫里跑，真的是因为我和他心爱的姑娘长得像吗？

然而还没等到一个合适的时机找他问清楚，那个我早有准备、然而事到临头还是被打得措手不及的指婚，竟然在这时候来了。

原来，虽然之前的可汗被荣亲王斩杀，可父王很快控制了那个部落，派了异姓藩王去镇守，没想到兜兜转转，我还是被指婚到了那儿。

说是指婚下嫁，其实那地方现在一片混乱，去那里镇守根本就是个苦差事，被派去的人心里多少有些不服气，我怕是那个被丢出去安抚他的筹码吧，至少驸马这个名号说出去还是很有面子的。

可谁想过我呢？人家说不定早就有心仪的女子了，我嫁过去只空有名分，非但吃不到王宫御膳房里的美味，连京城里一般的小吃都吃不到了，真是怎么想怎么亏。

我在收到消息之后第一反应是：逃！随即想到我从小闹出的事太多了，导致从总管到侍卫，个个看到我都戒备心十足，想要逃出去，单枪匹马恐怕不容易，必须得找个人帮我。

荣亲王是最好的选择，好歹我们也认识这么久了，他总不至于看着我跳火坑吧？

我和他相处了这么久，这点默契还是有的，我刚准备出去找他，他就上门来找我了。

我深吸一口气，正准备跟他提出要求，他就用一句话彻底打消了我的妄想。

他说的是："王上命我陪你一同去边关。"

他去送亲？

命运如此待我，还真是让人没话说啊。

### 第四回 王兄，你和包公是亲戚吗？

我好歹是大名鼎鼎的云嘉公主，如此窝囊地接受不公的命运显然不是我风格，就算送亲大臣是荣亲王也不能改变我要出逃的决心。

可这次已经决心将我嫁出去安抚臣心的父王，在置办我的嫁妆这件事上倒是真不小气，光是金银珠宝就有十车。我一旦跑路了，那十车珠宝不就便宜了我那个没过门的驸马了吗？可带上它们跑路又很累赘，这让我颇为头痛。

父王不愧为我父王，太了解我不会乖乖听话地出嫁了，临到出发还送了

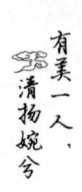

我个这么大的难题。

出城之后第三日,荣亲王照例亲自送膳食到我帐子里来,我既然已经下定了决心要跑,想着和他见面的机会现在是见一次少一次,有些话就必须趁着我还没跑,向他问个清楚。

大概是我的欲言又止表现得太过明显,他竟然主动问我:"公主有话想说?"

其实我很想问问他,我到底哪点和他心爱的女子长得像了,可又担心他情人眼里出西施,觉得我哪里都不如那姑娘,就忍住了没有问,最后只对他摇摇头:"没事。"

像我这种天生的贵族,当了十来年公主,深深明白一个道理:想要做大事就不能拘小节,既然下定了决心要出逃,就势必要留有一些成为秘密的遗憾,这样多年后史官记载我的时候,说不定还会因此为我添上几丝神秘色彩。

那些问不出口的话,干脆就不问了吧。

可惜我到底是个理论知识十分丰富,但缺乏实战经验的公主,虽然我已经舍弃了珠宝,只带了银票准备跑路,可还是在刚踏出帐子时就被人逮住了。

荣亲王居高临下地看着被他吓得一屁股坐在地上的我,冷冷地问:"为什么要逃?"

这真是个好问题,作为一个在山野间长大、好不容易才被父王带进王宫,还在战场上经历生死才在朝野上站住脚跟的王子,他大概是不能理解我一心想要逃婚的心的。

我爬起来,揉揉摔疼的腿,擦干眼泪,吸吸鼻子,装作浑身气得发抖的样子看着他说:"为什么要逃?你知道父王要把我嫁去哪儿吗?那儿没有我喜欢吃的桂花糕,也没有会做酒酿丸子的大师傅,我会饿死的!而且孤身一人嫁到那鸡不生蛋、鸟不拉屎、乌龟不上岸的地方,周围全都是不认识的人,换作是你你不跑?关键人家也没说想娶我,都是父王一厢情愿,说不定人家原本已经有了心爱的姑娘,就像……就像你一样!"

他听着我的话,原本眉头越皱越深,听到最后一句又忽然笑了。我被他的笑容所刺激,心想只提到你心爱的姑娘就笑得这么开心,凭什么指责我不愿去嫁一个我不喜欢的男子?

我更加大声地质问他:"所以我为什么不能逃?"

"可是上次在宴席上,你可不是这么说的。"

我听得直翻白眼:"难道我跑路之前还先放话出去,让你们好提前准备看住我啊?"

这下他的表情终于有所松动。

我在心里给自己叫了声好,想着晓之以理过后,该动之以情了。

于是我抓准时机,饱含热泪地看着他,极富感情地叫了一声:"王兄……"

原本以为这个从不曾叫出口的称呼多少会让他动容一下,对说服他放我走起到一点推动作用,没想到他听完竟然错愕了一下。

"你叫我王兄?你一直以为我是你王兄?"我注意到他嘴角在抽搐,眉头在颤动,怎么……像我平时憋着笑的样子呢?

他继续说道:"实话告诉你,我根本就不是你王兄,现在你知道了,打算怎么办?去你父王那儿揭穿我?"

不是?我一惊,立即抬头去看他,难道……我的猜测是真的?他真的不是父王的儿子?进宫来就是为了骗得父王将王位传给他?

我朝他勉强笑了笑:"不是也不打紧,你有本事哄得父王高兴,这才是最重要的。你放心,我不会揭穿你的,也不会砸了你的差事,等入了洞房,你的任务完成了,我再逃,行不行?"

哪晓得他脸又黑了:"等入了洞房,你若还想逃,我绝不再追!"

……

我虽然只是一介女流,但也是说话算话的,说好了不耽误荣亲王的差事,我就真的跟着他到了封地。

因为担心我说话不算话,成亲之前就跑路,荣亲王自从到了这里,几乎夜夜宿在我屏风外,这当然是不符合礼制的,可这里山高皇帝远,也就没人计较。

婚宴当日清晨,我起来的时候,荣亲王因为连日来劳累还睡着,我蹑手蹑脚出去,蹲在他榻前看他的睡颜,心里默默地想,这就是我喜欢的男子,他不是我的王兄,却一心惦记着我只想逃离的王宫,这就注定了我只能偷偷蹲在这里看看他。

我如此喜欢他,也只能成完亲再跑路,尽量做到不拖累他罢了。

丫鬟喜娘们将我打扮成了新娘子的模样,就只差盖上盖头的时候,胸怀大志的假王兄才醒来。

大约是因为我确实守了承诺还没跑,他看到我的样子还挺高兴,于是我也装作很高兴的样子看着他,心里想着这样也好,我最后记住的他,是笑的模样。

然而,我毕竟不能真的等到入洞房再跑,他刚出门去,我就吩咐喜娘:"我肚子饿了,你去拿些点心来给我垫垫肚子。"

喜娘奉命而去,我趁丫鬟不注意,举起烛台把她砸晕了。她刚倒地,我就立即伸手把凤冠取下来,哪晓得去拿点心的喜娘回来得这么快,一进来见到这情形就尖叫起来。

我赶忙过去捂住她的嘴,威胁道:"闭嘴!"

可惜因为没吃饱,力气没有她大,很快被她挣脱。眼看着她要跑出去告密,我正伸腿准备去拦,就看见她膝盖一软直接跪在了地上,对着我身后惊恐地喊着:"驸马……"

我后背一僵,随即听到了一个熟悉的笑声。

转身一看……荣亲王?

我怎么也没想到，原本以为是送亲的王兄，一转眼就成了娶亲的驸马。

他解释给我听："王上三请我出山，我才应下这亲王位，替云国出征，条件是，把你许给我为妻。"

原来一开始就是我误会了，他根本没有冒充我王兄！而这一切父王早就知道！

"八年前五月廿三你的诞辰，我曾随父进京述职，碰巧参加了你的诞辰宴。那时来得匆忙，未曾准备什么厚礼，于是为你吹奏了一曲百鸟朝凤，那日得你盛赞，王上赏了我一只玉扳指，我尚未来得及谢恩，你便缠上去说，长大了要嫁与我为妻。"

原来我小时候就这么豪放啊。

他用手指点了点我的额头："想起来了吗？"

"……没有。"

好在他也并不介意："我也知道当年之事只是玩笑话，那时你还小，说的话也当不得真。我应下王上那枚帅印之时，想的是为国尽忠，至于让王上答应将你许配给我的那个条件，只不过是想顺便帮帮那个有过一面之缘的小女孩，让她不用远走和亲而已。不过……"他含笑看我一眼，"幸好那时我有先见之明。"

我还没来得及开口，他就伸出手指在我额头上点了点："你居然以为我是你王兄，都跟我到这里来了竟然还想着要逃！"

回想那时我说等入了洞房再跑时，他一脸生气的样子，我忍不住笑起来："难怪我说等入了洞房再跑，你会那么生气！不过谁让你一直不说你就是父王指给我的驸马的！"

一个轻柔的吻落在我的额上，我鬓边的碎发被他的呼吸吹动，扫在脸上有些痒，然而此刻气氛太好，我实在舍不得去拂。

这时候听到他的声音在耳边响起："原本是想等你自己想起来,再给你一个惊喜的,不过现在看来再不解释清楚,惊喜就要成惊吓了。那时候我说,等入了洞房,你若还想跑,我绝不再追,现在你可还想跑?"

我抱住他的脖子,笑得开心极了:"不跑啦!就算以后都没有桂花糕和酒酿丸子我都不会再跑啦!"

咦?王兄……哦不,现在是驸马了,驸马的脸怎么又黑啦!

千金自易得，良人却难求。

## 公子，what are you 弄啥嘞？

文/初酒 图/DAZUI

## 楔子

这一年五月,洛月城中极富盛名的花魁湄娘洗尽铅华,嫁与外来商客为妻,随君远去。

八月,湄娘再度现身洛月城,却是孤身一人,怀抱七弦,于城外洛月河上抚曲感怀,诉尽凄凉。

千金易得,良人难求。不过短短三月,傲芳牡丹沦为昨日黄花,其中种种曲折种种纠葛,令无数喜好茶余饭后嚼舌根的闲人揣摩唏嘘了很久……

## 一 枫花红遍秋瑟瑟

我宿醉酒醒的时候,正是清早,洛月河上一片烟水迷离,岸边枫叶如火。

我琢磨着如此良辰美景,是不是应该出去调戏个姑娘,抒发一下满怀寂寞。谁知念头才刚生出,就听见船板上脚步声渐近,一小姑娘风风火火地闯了进来——

"姐姐——"

惊喜的声音戛然而止。我眯起眼,打量着面前这个冒失鬼——淡紫外衫,柔黄裙裳,腮凝香雪,充满朝气的脸上宛有桃花盛开,一双眸子晶亮明澈,如同洛月河中捞起的月光。

浮生刹那，眉眼入心，我登时有些恍然。

"对不起，认错人了……"小姑娘很快镇定下来，目光从我脸上移开，逡巡一圈，问道，"这位公子，请问你知道湄娘在何处吗？"

我僵了僵，一种不祥的预感慢慢爬上心头："湄——娘？"

"就是洛月城中原来的花魁！"小姑娘好像有些着急，手直接拽住了我的袖子，"后来嫁给客商的那个……我听人说，她就在这艘船上，公子你是不是见过她？"

哪个浑蛋说的？本公子揍死他！

我总算缓过神，狠狠腹诽一句，挤出温和笑容，抬手遥遥指向右边："她上了另一艘船，往那个方向去了。"

"多谢公子！"小姑娘豪情万丈地一拱手，转身飘走了。

看着她鲜活似三月春花的身影，我惋惜地叹了一句"艳遇太短"，心里头莫名一空，忽觉有些后悔，后悔给她乱指路将她骗走。

黄昏时分，我正欲摸壶酒来浇浇愁，突然一袭身影带着一抹寒光迅疾闪入，冰冷的语调响在上方："你骗我！"

我心中狂喜，对上那双融了清明月光的眸子，微微一笑："姑娘，真是有缘啊，这么快又见面了。"

去而复返的小姑娘紧了紧手中弯刀，恶狠狠道："少嬉皮笑脸，说！你把湄姐姐藏哪儿去了？"

"湄姐姐？"我差点儿就喷了，"姑娘你是……"

"我就是湄娘的妹妹，是来救她出火海的！"小姑娘语气森寒，"我已经打听过了，姐姐那晚确实在这艘船上，而你，就是那个虐待我姐姐的无耻客商！"

"咳咳……虐待你姐姐？无耻客商？"我瞬间有种抽死自己的冲动，苦笑着道,"姑娘,传闻真的不可信——"

小姑娘横眉,一把打断我:"快说,你把我姐姐藏到哪里去了?再不说,我就把你大卸八块,丢到江里喂鱼!"

细柔的发丝垂下来,在脖颈处撩动,我闻着近在咫尺的淡香,心不由自主地热了起来,猛地出手扣住她如凝霜雪的皓腕,一个翻身将她禁锢在了下面:"好端端一个美人,这么凶悍,小心嫁不出去。"

小姑娘瞪大眼,一脸的难以置信:"你……"

我微微笑道:"人在江湖飘,哪能不会个一招半式?"

"……"

## 二 秋月春风等闲度

小姑娘名叫小瑾,直到深夜,船舱里还不断回响着她愤怒的骂声:"陆子修,你这个卑鄙无耻的小人!禽兽!浑蛋……"

我无奈揉揉额角,挥退侍女,叹息着倾身解开她的束缚:"你先别激动,我们好好谈一谈。"

小瑾望着我,终于消停下来。我起身站直,居高临下道:"出嫁从夫,你姐姐既然嫁了我,就该任由我处置。"

"胡说八道!"小瑾又不冷静了。

我微微一笑:"你想救她也并非不可以,我向来是个怜香惜玉的人,你若能哄得我开心,我自然就不会再为难她。"

"你……什么意思?"小瑾单纯的眸子里闪过一丝惧色。

我扬起嘴角:"你留下,哄我开心。"

她的脸上立刻浮开红霞:"你……你无耻!"

我含笑点头："嗯，我无耻……你留是不留？"

她恨恨地看着我，仿佛要将我千刀万剐，良久，道："好，不过我要先见姐姐一面。"

我负手出了船舱，临风怅望良久，转头吩咐侍女："去准备一套女子衣裙，还有一把七弦。"

侍女望着我，满脸愕然。

是夜，月明星稀，烛火昏暗。

我信手拨了拨七弦，那端就传来小瑾的声音："湄姐姐，是你吗？"

侍女止住她掀帘子的动作："小瑾姑娘，公子吩咐过，只能隔着帘子说说话。"

幸好没直接冲过来，我松了一大口气，点头默认，用眼神示意侍女递出一张字条——"姐姐最近感染风寒，嗓子已哑，不能开口同你说话了。"

"姐姐，是不是那个浑蛋把你害成这样的？"小瑾咬牙切齿，"你放心，总有一天我会杀了那个浑蛋，救你出去的！"

我哀怨地瞥了侍女一眼，再递出一张字条——"小瑾，你别听信外面那些谣传，子修他对姐姐很好。"

"姐姐，你不用为他说好话！"小瑾愤愤道，"他就是个花心好色的小人，不仅虐待你，还拿你威胁我，对我……对我……"

侍女偷偷瞄了我一下，似乎很想笑。我面无表情地提笔，继续写字条。

就这样，我和小瑾叙了半个时辰的旧，我以"湄娘"的身份极力为自己说着好话，只可惜效果甚微，我在她心目中的形象仍旧十分不堪。

而接下来的几天，小瑾总喜欢鬼鬼祟祟地四处转悠，甚至还偷偷跟踪我，企图找到关于湄娘的线索。我睁一只眼闭一只眼，假装什么都不知道，依旧时不时地调戏威胁她一下。

五天后的黄昏，我在船头煮茶，小瑾突然过来，磨蹭半天，欲言又止道："我……我想念姐姐了……"

江风扬起她的裙裾，有种缥缈如仙的意蕴。我隔了氤氲水汽看着她，摸出一个镯子递过去："给你的，喜欢吗？"

她一愣，须臾，不自在地道："你让我见姐姐就好。"

晚霞将眼前画面染出几分苍凉，我突然有些心虚和烦躁，望着她，似笑非笑："你留在这里，就只是为了你姐姐？"

她怔了怔，似乎没想到我会问出这么蠢的问题。

唔，是挺蠢的……我猛地将手中镯子抛入江中，整整衣衫起身离开，没再回头。


### 三 别有幽愁暗恨生

如果有人问我，这辈子最丢人的事情是什么，我肯定会说，是扮成个姑娘乱弹七弦。而可悲的是，我还持续丢人了比较长的一段时日。

为了留住小瑾，为了能时不时调戏她一下，我将自己的荒唐发挥到了极致，以至于后来连侍女都忍不住劝我，适可而止，不要色迷心窍。

可有些事情，一旦开始，就注定难以风平浪静地结束，我想我已经疯魔了。

我再次绾发描眉，怀抱七弦坐定，静静等了半天，却没听到熟悉的声音。我不禁有些纳闷，抬眼望去，只见到一个稀薄静默的身影，由灯光勾勒出。

我捏着嗓子咳嗽两声，小瑾终于出声："姐姐，你的风寒还没有好吗？"

我按在七弦上的手指一紧，额上有冷汗沁出。

幸好小瑾没有刨根问底，转而道："姐姐，我上次买给你的胭脂，你喜不喜欢？"

不祥的预感再次涌上心头，而且很快得到验证——小瑾趁侍女不注意，猛地掀开帘子冲进来。

我立刻化身为兔子，嗖地蹿了出去，毫不犹豫地往河里一跳，险些没冻得手脚齐抽。

游到阴暗处，我刚将脑袋伸出水面，就听见"扑通"一声，侍女慌慌张张唤道——"公子……小瑾姑娘……"

俗语有云，天作孽犹可活，自作孽不可活。小瑾不会水，所以我只能冒着谎言被戳穿的危险欲哭无泪地游过去。

"咳咳……果……果然是你……"小瑾被我抱回船上，睁开眼睛，喘息道，"怪……怪不得我送给姐姐的胭脂，会在你身上……怪不得，那些字条上的字迹跟你的一模一样……"

我心虚地避开她的目光，默然不语，将她放到榻上。她突然拔下头上玉簪，抵在我颈间："湄姐姐到底在哪里？！"

我视若无睹，温声道："江水寒气重，你先泡一泡热水，去去寒。"

"说啊！"小瑾将簪子往前一递，声调提高，"湄姐姐到底在哪里？！"

我伸手往脖颈间一揩，看着指尖殷红血迹，牵了牵嘴角："你就这么恨我？"

小瑾的手一颤，语声也添了颤意："你实话告诉我，湄姐姐她……是不是死了？"

此时此刻此情此景，我只想无语问苍天，最终叹了口气道："你先梳洗，梳洗完我把实情都告诉你。"

## 第四卷 唯见江心秋月白

三人成虎，众口铄金，洛月城湄娘遇人不淑的悲惨遭遇街知巷闻。可其实,很少有人知道,那个故事,从头到尾,都只是一场酒后荒唐闹剧。

两个月前的一个夜晚,月白风清,灯影迷离,本公子刚到洛月城,就被那些个狐朋狗友拉到洛月河上喝酒,酒过几巡,众人便都有些昏昏沉沉,不知今夕何夕了。

而本公子一时大意,竟被他们联合算计,赌输了酒,被罚学花魁湄娘抚一曲七弦。最后,在众人的极力怂恿和各种言语刺激之下,本公子非自愿地换上女装,"犹抱琵琶半遮面"地出场了……

作为一个颇为文艺的商人,本公子素来比较讲究风雅,诗词歌赋无一不通,文采风流曾招来一树又一树的桃花。但文艺过头,通常容易脑袋抽风,于是本公子低眉顺眼那么一弹,哀哀戚戚那么一诉,一段花娘的辛酸故事就破土而出了,其精彩曲折简直不亚于坊间传奇。而围观的那些人,估计眼睛都被屎糊了,愣是没认出来本公子七尺男儿的真实身份。

后来,当这段故事传遍四方的时候,本公子那叫一个悔啊——早知道这洛月城的民风如此彪悍,早知道那些人比本公子还会扯,本公子打死都不会出这风头!

伴着十几个响亮的喷嚏,本公子终于将那一夜的丢人事件说了出来,说完之后,真恨不得挖个坑把自己埋了,连墓碑都不用立。

小瑾愣愣地望着我,半晌,难以置信道:"也就是说,你根本就不认识我姐姐?"

我默默地看远处……

"你既然不认识我姐姐,干吗要费这么多工夫来骗我?"

我抬起头,小声道:"我喜欢你……"

"你!"小瑾微红了脸,又急又恼,"那湄姐姐现在到底在哪里?"

我抬头安抚道:"你先别着急,我已经按照你说的派人去找了,应该很快就会有你姐姐的消息。"

这句话说完不到一个时辰,侍女就领进来一个女子,身着绯色长裙,怀抱七弦,面容甚是清丽动人,隐隐透着一丝风尘倦意。

我还来不及感慨手下人的办事效率,那女子便开口了:"子修,别来无恙?"

我打了个寒战,睁大眼瞅了又瞅,仍是没想起来在哪里见过她,只觉得有些面熟:"请问姑娘你是?"

绯衣女子露出哀婉神色:"子修,你……你当真这样绝情?"

啊?姑娘,你是不是认错人了?

就在我一头雾水之际,小瑾突然冲了过来,从声音到表情满是惊喜:"湄姐姐?!"

绯衣女子微微一笑:"小瑾……"

一场感人肺腑的姐妹相拥场景就这样铺开,我呆立一旁,只觉得天昏地暗毛骨悚然。

## 五 添酒回灯重开宴

事实证明,夜路走多了,总会遇上鬼的;谎话说多了,总会成真的。绯衣女子就是小瑾寻找多时的姐姐湄娘,但她始终坚持说已嫁我为妻,并遭我无情抛弃。

为表清白,我将随侍的侍女尽数拉了过来,谁知她们却一个个都跟魔怔了似的,支支吾吾不肯回答。

小瑾对我的最后一丁点信任灰飞烟灭,她面色惨白地丢下一句"你们慢聊",而后脚步踉跄地跑掉。

我百口莫辩,转头望向湄娘,只觉那张脸上的笑意十分虚假恶毒,登时怒从心起，一把拽住她，毫不客气地往船舱里拖。

"说吧，你到底是什么人？冒充我夫人有什么企图？"将湄娘拖回房之后，我便往美人榻上一靠，端了盏茶消火。

"子修，你在说些什么？我听不太懂。"湄娘却丝毫没有坦诚的意思，揉着手腕，一脸哀戚。

我挥手将茶杯摔出："你真当本公子傻了，连自己娶没娶亲都不知道吗？"

湄娘终于收起那副哀戚表情，抬眼看我，隔了片刻，方道："你虽没傻，可脑子却不见得有多清醒，数月前，我们确实曾有过一面之缘，在南郡一处湖边。"

天雷滚滚而过，本公子瞬间清明了——说起来，都是风流惹的祸啊！数月前，我奉父命去南郡谈一桩生意，某夜附庸风雅出游赏月，见湖边亭中有女子弹奏七弦，曲调凄清，便上去调戏了两句，还笑话她空闺寂寞。

"先是我，如今又是小瑾，你可真不负风流之名。"湄娘微微勾嘴，弧度有些嘲讽。

我呆了片刻，讷讷开口："虽则……我当初不小心调戏了你，上次又不小心拿你编了个故事，你也不必特意跑到这里来报复我吧？"

"我才没那个闲情报复你，若非担心小瑾生性单纯，被你蒙骗，我也不至于——"湄娘眼波一转，"自降身份。"

"……"

之后又谈了半天，湄娘还是不肯去向小瑾澄清。我终于暴怒："你究竟想怎么样？"

湄娘清清淡淡道："不怎么样，只是不想让你坑害小瑾。"

"那也得你有那个能耐！"我冷笑起身，拂袖出屋。

我这人素来有个毛病，认定了的事情，八匹马都拉不回。我既把小瑾搁在了心头，就绝对不会轻易放开。

于是我头脑一热，直接闯到小瑾房中，忽略掉她对灯静坐的凄冷，径直道："我最后再问你一次，我和你姐姐，你信谁？"

她极力想抽出被我捏紧的手腕："我说过，湄姐姐对我有救命之恩，不会骗我的！"

我心头火气大盛，忍不住吼道："那我呢？我费尽心思做这么多，难道你就从来没放在心上？！"

小瑾盯着我，眼中泛开水光，嘲讽地扯了扯嘴角："你的话，总是真真假假，让我怎么相信？"她的声音变得有些哽咽，"我甚至不知道，你说喜欢我，到底有几分真心……"

我怔住，良久，轻声道："不管你信不信，这句话，从来都是真心真意……"

## 第六章 莫辞更坐弹一曲

次日清早，侍女突然慌慌张张过来禀告："公子，大事不好了！湄姑娘不辞而别了！"

我一口茶尚未下肚，呛了个半死："咳咳……当真？"

侍女抛来一个同情的眼神，极为莫名其妙："公子，你自求多福，奴婢告退。"

我稍稍迷惘了一下，随即乐从心生。小瑾却哭着跑进来："姐姐她走了，她一定是知道我们……我对不起她，我恩将仇报，竟然……竟然鬼迷心窍喜欢上了你……"

听到最后一句，我愣怔住了，有种不真实的感觉，心中似有桃花开遍，一片春光大好。

约莫一盏茶后，侍女又匆匆跑来："公子，湄姑娘又回来了！"

彼时，我已经淡定了许多，抬眼道："回来就回来，正好请她喝杯喜酒。"

侍女战战兢兢地瞥了我一眼，继续道："这次，湄姑娘是跟大公子一起回来的。"

我一口茶喷出老远，手中茶杯险些丧命："他来干什么？"

侍女回道："大公子说，要治公子你调戏兄嫂之罪。"

我终于成功地将茶杯摔了："兄……嫂？"

侍女同情地望着我："其实，湄姑娘是大公子新娶的夫人，湄姑娘从良后改了个名字，上次本打算和公子见个面叙一叙，没成想公子你……"

一旁，小瑾满脸愕然地呆住："你……还有兄长？"

我："……"


本公子游戏花丛多年，从未想过，有一天会调戏到自己的嫂嫂，也从未想过，有一天会栽在自己大哥的手上。

本公子在家排行老二，有个众口交赞的大哥，其实原本该去南郡谈生意的是他，可他借口要去接新娶的夫人，百般推辞。我这个当弟弟的，也只能勉为其难接过重任，谁知竟会生出这么多事端。

但自家人也有自家人的好处，凡事都比较好商量，在我的虔诚忏悔和死缠烂打之下，我与小瑾终于得以成婚，只可惜有个太过"阴险"的哥哥，着实是件悲惨事，尤其再加上一个同样喜欢整人的嫂嫂。

"听闻二弟你善扮女装，善抚七弦，曾经一曲动四方，如此大喜之日，难道不该大显身手助助兴？"

成婚当日，我那看似沉稳正直的大哥往新房门口一站，微微笑着拦住我。

我忍无可忍，冲着里头道："小瑾，拿刀，赶人！"

小瑾掀起喜帕一角，笑如桃花："夫君，其实我也想听一听，令洛月城无数人落泪唏嘘的曲子，究竟是个什么样……"

与仙嫁
YU XIAN JIA

别来无恙啊,我亲爱的姑娘。

## 大神!你的媳妇儿掉了
文/青篁 图/洛笙

## 一 一只想要修炼成树的女妖精

月亮爬上半山腰,白骨洞前怪石嶙峋,草凶树恶。

趴在乱坟岗上的两个少女巴望着山路说话。

"喂!夫人刚刚又发脾气了,说你给找的人吃起来太肥腻,让你不要老挑什么地主给她,食材也讲究多样性,你就不能换个别的?"

殷歆"嗯"了一声,托着腮默默地想,往后想吃地主也不容易呢,方圆百里的坏地主都被她抓绝了,即便没抓住的,也弃恶从善或者遁入空门了。

"不要再修炼人类的道术了!你是妖啊!妖就要吃吃人,偷偷宝物,生活也很充实啊!你非要修炼人类那种东西干什么呢?"

狐狸精少女盯着殷歆清秀的脸颊想说什么又忍住了,瞧她那一身的浩然正气,这哪儿是妖怪该有的啊!

殷歆没说话。她有一个寂寞的、无人能理解的、蕴含远大抱负的秘密——她想做一棵树!而方圆百里的妖怪,只有白骨夫人对她修炼人类的道法听之任之。

"还有,妖精怎么能不吃人呢?不吃人也就罢了,能不能拜托你在我们吃的时候到洞外去吐啊!"

"晓得啦!"殷歆木讷地说。她也不想吐,可是面对白骨夫人的黑暗料理，她真的忍不住！

"你看你，又是这副态度。夫人教的技巧你都记住没？做诱饵也要有点儿专业精神啊！"

"我晓得啦！"殷歆朝在她耳边不住念叨的狐狸精不住地点头，转头盯着尘土飞扬的路。

老远就看到一顶大红的喜轿队伍由远及近而来，看穿戴气质就不是宜室宜家的一群。

殷歆爬起来，清秀的面容上摆出个僵硬的笑容，待他们快到眼前时，她左手麻利地将裙子一拉，白皙修长的大腿立刻露了出来，看到那队人一副要把眼睛瞪出来的表情，她又将光洁的大腿夸张地晃了两晃。

哗——队伍炸开了锅："妖怪啊！"

殷歆很纳闷，怎么又被识破了呢？她都是按照白骨夫人教的方法做的啊！娇羞的表情，含蓄的动作，甜美的笑容，侧身45度向人露出修长的大腿，再晃一晃……

"腿毛……你忘记腿毛了。"狐狸精在一旁扶额叹气说。

殷歆"哦"了一声，她的真身是鸟禽类，刚刚能化成人形没多久，别的都挺好，就是腿毛不能收放自如。

既然都曝光了，也不用拐弯抹角地骗人了。殷歆和狐狸精赶鸭子一样将那队人马赶了回来。

"你们是做什么营生的？"殷歆问。她不喜欢胡乱抓人，因为她发现那种叫作"好人"的生物要被白骨夫人吃的时候，总是一副英勇无畏、舍生取义的表情，这让白骨夫人用餐的心情很不愉快。

是啊！谁喜欢食物在被吃进肚子前，还是一副"即便吃了我我也会噎死你,即便噎不死也让你消化不良"的表情啊。

"我、我们是偶尔开开山栽栽树,路上设卡收收费的……好人。"为首的汉子颤抖着嘴唇说。

"哦——"殷歆踏实了。很好!食材终于多样化了,可以吃强盗改善伙食呢。

"你们,放松,不要绷着身体。"殷歆忘了自己从哪儿听到的说法,说人一紧张,就容易分泌一种酶,这样吃起来味道怪怪的。

"放、放松不了……您、您能开恩放了我们吗?"强盗头子流着冷汗说。
"可以。"殷歆想了想说,"但必须是夫人觉得你们很难吃才行。"
"哇——"所有强盗都大哭起来。
"不要哭,要开心,你们人类不是经常说含笑九泉吗?"
哭声更大了。

殷歆可没空给强盗们做被吃前的心理疏导,她将喜轿里被抢来的姑娘放走。狐狸精很有效率地将那些哭哭啼啼的强盗转移到白骨洞中去了。

嘀!一天的任务总算完成了。伸了个懒腰,殷歆正打算去吸取点月光精华修炼一下道法时,银白色的月光下,突然下起雪来。

## 二 喂!快点儿去吃唐僧肉吧!

大片大片的雪花密密麻麻地飘下来。
哎?不是雪片?殷歆看着从空中飘落下来的纸想。
这是什么东西?

"是天庭的传单。"半空中一个清朗带着笑意的男声说。

殷歆抬头看了看,除了大月亮,半空中什么都没有,她低头看着手上的传单,不是很感兴趣地将它揉成一团。

"你不好奇上面说了什么?"清朗的声音又问。

好奇!可是好奇也没用,不认字。

"这是天庭派给下界众妖的传单。这已经是本月第三次散发了,估计前几次的,都被你们拿去烧火了。看来我的工作做得很不到位,我没想到妖界的文字普及率这么低。"那个声音有些惆怅地说。

"没有烧火。"殷歆把传单抚平说,"都在茅房里堆着呢。"

"……我给你讲讲传单的内容吧。"清了清嗓子,男声很有煽动性地说,"你还在为修仙不成而烦恼吗?还在为妖力提升得慢而郁闷吗?现在机会来了!东土大唐有个和尚,要去西天取经,吃了他的肉,可以长生不老,可以提升妖力,可以一步登仙……"

没有想象中的激动表情,也没有欢呼雀跃。

"你不想成仙?"男声好奇地问。

"我想做一棵树。"不知道是不是他的声音太好听太有亲和力,殷歆把自己的理想告诉了他。

"一……一棵树?"声音似乎打了个结。

"嗯。一棵能结很甜的果子,有温暖的树叶,还会哄人唱催眠曲的树。"她小时候曾经在这样的树上待过一段时间。

"就料到会如此……"声音有些干涩地说。

挣扎了好一会儿,殷歆有些犹豫地问:"上面说了吃和尚要吃多少剂量吗?"

"……没有。"这个真没有,虽然天庭希望众妖都去掺和一脚,可不是真的希望和尚被吃掉啊!

"哦,那纸上这些黑点是什么意思?"殷歆问。

"这个嘛,是和尚的取经路线图上要经过的妖怪聚集区。"男声叹了口气说,"和尚的取经之路很不平静啊!几乎每一站都会遇上一些高阶妖怪。你们白骨洞排在很后面啊!不知道还能不能轮到。"男声似乎有点儿遗憾地说。

"现在和尚走到哪儿了?"殷歆看着路线图问。

"如果不早产,再有个把月就应该出生了。"

殷歆有点儿动摇了,机会难得啊。她想修成一棵树,可是她妖力不够,最好的选择是吃掉那个和尚。可是她又讨厌吃人,就算她想吃那个和尚,可有这么多高阶妖怪在路上拦着,还未必能吃到。

"这个传单,你发了多久了?"殷歆想知道消息源是不是扩散得很广。

"能通知的妖怪我们已经都通知到了,传单也是最后一次发了。我的工作就是动员最多的妖怪小伙伴!取经真是个苦命的活!"男声刚要感慨一下,就见殷歆突然跑了,"我话还没说完呢,你干什么去?"

"去大唐。在那个和尚出发前,吃到他的肉。"殷歆的声音认真而缥缈。

其实她的打算是,趁着那个和尚还没出生,她可以守株待兔,这样就能在众妖动手前先吃到和尚了。

"不要认错人!记住!男的,年轻,长得好……就像我这样的。"殷歆的影子都见不到了,月光下,俊美无俦的青年现出身形,很满意地自言自语道,"把这个丫头忽悠走,我也能安心去投胎啦!"

青年心满意足地驾着法云离开后,寂静无人的山岭上又传来两个人的对话。

"薛邵这个不要脸的家伙！我这么可爱的妹妹他都敢骗，他要投胎去做和尚，想骗小妹去吃他！简直没有把我毕大放在眼里！"

"没放在眼里是对的呀？因为他压根就没见过咱们！"

"这个坏种！走！去东土大唐，一定要把薛邵的阴谋诡计拆穿！"

"可是，怎么拆穿啊！我们都不知道他的计划呀！"

"不用知道！跟他对着干准没错！"

白骨洞前的山岭上，两团红色的法云腾空而起，迅速向东飞去，因为云层太厚，他们正巧撞在一架金色的法云上，三团云撞在一起，"轰"的一声爆炸了。

两朵冒着烟儿的焦黑物体从空中徐徐飘散下来。

"啊——这个阴险狡诈缺德没朋友的薛邵，他肯定知道我们跟踪他，才故意把我们引到雷公锤子底下的！"

"大哥！咱们错过薛邵的投胎时间了！他已经投胎做和尚去了！"

## 三、姑娘，你闻起来很美味啊！

殷歆的计划，是在和尚刚出生的时候就抢走他，可是她的想法真是天真了。

往东土大唐去的路上，时不时就能看到单个儿或者一小撮妖怪也在卖力地赶路。

歇脚的时候，殷歆问一个老妖："你们也是要去抢和尚吗？"

"是啊！自从天庭广发传单以后，这样的好事，哪有不知道的啊！一步登仙！千年难遇！"

"你也要吃？咬得动吗？"看着老妖的眉毛胡子都一大把了，满口的牙也只剩稀稀拉拉的几颗，殷欹担心地问。以前白骨夫人总抱怨说，会仙法的人类嚼起来费牙齿。

"先不说牙齿了，我看咱们都白跑一趟啦。得知小妖们要去吃和尚后，大妖怪们在通往大唐的必经之路上设了八十一道卡，根本就过不去啦！"老妖遗憾地说。

"为什么设卡？"一起跟着过去吃不就行了？

"迟钝！那些大妖怪，很多都是天庭高薪聘请的，故意在取经路上为难和尚的，你还以为他们真想吃？打道回府吧！省得白跑一趟！"

殷欹没理会老妖，果然没多久就被拦下来了。往东是不行了，那朝西走吧。幸亏地球是圆的，虽然背道而驰，历经了一番磨难，但殷欹真的到了大唐。

只是，时间上耗费得多了点儿。等殷欹赶到长安的时候，人间已经过了十六年。

元宵夜，长安城火树银花不夜天，人间美得不真实。

殷欹仰头望着焰火，听着周围的人议论着那个佛法无边、容貌俊美的和尚。据说，他已经被皇帝亲口认为"御弟"了，沿途的小妖们传说，他的风采连女妖们都为之动容。

就是这个"御弟"和尚要去取经？她要怎么找到他呢？

长安街上接踵摩肩，各色花灯将集市照得灯火通明。

一双修长白净的手，摸索着按在了殷欹肩上："好香！是水果的味道！"

殷欹转过身，仰起头，看了看下颌快抵住她头顶的俊美少年，又把头摆正，默默想着该如何找到那个"御弟"和尚。

少年低头嗅着殷歆的头发,满意地扬起嘴角:"我自出生起,梦里就都是这种果味,我虽眼盲,心却不盲,这就是命定的缘分吧。"说完,他扯起殷歆的袖子,细细地嗅着。

好巧不巧的,他肩上搭着的一块布料滑落下来。殷歆扫了一眼,是块袈裟。但不是块普通的袈裟,而是有佛法加持过的袈裟。

据说,要取经的那个和尚就被赐予了一块有佛法加持的袈裟!

男的,年轻的,长得好,有佛法的袈裟,还有靴子上独属于皇族的纹章。所有的线索似乎都在暗示一件事。

"你是那个御弟?"殷歆想确认一下。

少年薛邵迟疑地点了点头。他的确是当今皇帝的弟弟,名副其实的"御弟"。

"袈裟是你的?"

"不错!"是护国寺的一个长老一定要送给他的。

"你去取经?"

"嗯。"已经取完了,他今天是奉皇兄之命到护国寺取几本佛经。

"你怕疼吗?"

"……"薛邵的眼睛看不见,他觉得少女的声音独特又好听。

"我要吃了你,我想修成一棵树。"殷歆喃喃地说。

"就这么吃?"大庭广众之下,周围人群里埋伏着多少护国寺的高手呢。

"难道还要拌点辣油?"对于吃人,殷歆懂得真不多。

薛邵笑了。别来无恙啊,我的女孩!他的确是去投胎了,但却不是投胎做和尚。

咂了几次嘴,殷歆还是没法对这个眼盲的俊美少年下口。算了,先掳走,找个时间慢慢吃。

大风骤起,薛邵被挟裹着向城中最高的建筑飞去。

四面漏风的塔楼里,薛邵安静地坐在一旁,嘴角噙着笑,他的眼睛看不见,显出一副柔弱乖顺的样子。

望着他那双漆黑纯净的眼睛,殷歆犯难了。这么个柔柔弱弱的人类,她怎么吃他呢?在白骨洞里时,只要提到吃人,她就要吐。

她随手从梁上抓下一只老鼠精问:"你们平时怎么吃人?做个示范看看。"

战战兢兢的老鼠精一听说有人吃,立刻露出剑齿,红着眼睛朝薛邵扑了过去,中途被殷歆一巴掌扇到一边。

"血淋淋的我会恶心。"

"那,水煮油炸也是可以的……"

"水煮油炸会不会变得不好看?"

"也可以直接吞,到了嘴里再嚼。"

"他会疼吧?"

"扑哧——"薛邵笑出声来。

"我还是回白骨洞问问吧!"殷歆觉得老鼠精给的建议都不靠谱,若讲吃人,白骨洞怕是最权威的。她一阵风似的掠出去了。

殷歆一走,乐坏了老鼠精,如果没看错,对面那个俊秀的少年,气度不凡,举止高贵,似乎还是个半仙之体。老鼠精一边想,一边迂回曲折地靠近,然后突然听到薛邵笑了,就被一脚踹到了墙角。

他是修了两百年的妖啊！拿他当普通耗子踹吗？

老鼠精眼里刚刚还是柔弱俊美的薛邵，此时正用脚狠狠地踏着他柔软的腹部，脸上的笑怎么看怎么危险。

"就这么个东西，也想吃我？"

就算是肚皮的弹性好，可是也架不住这么踩啊！老鼠精简直想叫娘了，刚刚他不还是柔弱温顺的美少年吗？眼前这个黑化的混世魔王一样的人是谁啊？

"大、大王饶命！"

"是饶你？还是饶你全家？"薛邵嘴角的笑意更深了。

他晃了晃袖子，一群耗子的哭声断断续续地传来，老鼠精立刻蔫了。

"锣锅巷的毕氏兄弟你听说过吗？"薛邵问。

"知道……生来就带着法力的兄弟俩。"

"嗯，去盯着他们，事无巨细，全部汇报给我。"

老鼠精愁眉苦脸地看着他，心说你连妖精都能收服，还怕两个凡人？

"他们吃喝拉撒的小事犯不着占用我的时间。"薛邵凉凉地说。如果不是投胎时被毕大毕二两个白痴搞鬼，他也不会落下眼睛残疾。肉体凡胎，这十几年他困在京城，想找殷歆都没辙。

那种自己搞不定女朋友就不准其他人谈恋爱的笨蛋最讨厌了！两个老光棍，但愿他们一万年内都找不到命定之人！

老鼠精走后，薛邵倚在墙边给自己做了一下优劣势分析：殷歆是他从小养大的，虽然现在她不记得他，可也同样不记得那两个蠢货哥哥；虽然他困在眼盲的肉身里，可是那两个笨蛋也是凡人，想使坏也不容易。

## 四、抢了我的小妞儿给我还回来！

殷歆三天后才从白骨洞回来。路上，她就听说和尚早已经踏上取经之路，而且还收了三个非常厉害的徒弟。真和尚取经去了，那她抓的那个呢？

"你竟然没走？"看到塔楼里的薛邵，她有点儿吃惊。

"想好怎么享用我了？"

"你不是和尚。"殷歆垂着眼帘说，"我想变成一棵树。"

"嗯。"薛邵耐心地听着。

"一棵可以结很甜的果子吃，有暖和的树叶可以睡，会哄人唱催眠曲的树。"她似乎怕薛邵不信，又加了一句，"我小时候就在这样的树上住过。"

"嗯，过来，到我这里来。"

薛邵摸索着将靠过来的殷歆揽在怀里，让她枕在腿上，很温柔地拍着她，轻声哼着："睡吧睡吧没什么可怕。我才最可怕。既然你都不怕我，还有什么可害怕……"

殷歆坐起身，认真地看着薛邵，似乎想起了什么。

"你看，又不仅仅是树才会给你喂果子，温柔地抱着你，唱歌给你听。"

殷歆眼中有了亮光："我知道你是谁了！"

薛邵有点儿期待地等着她揭晓答案。

"你是那棵树的兄弟对不对？"

"……如果你非要把我跟树扯上关系，那就是吧。"

月亮升起来了，殷歆坐到塔顶修炼去了。

老鼠精从窗口爬进来，战战兢兢地望着薛邵，单从面部表情来看，你完全无法判断这个少年的心情好坏。

"那两个笨蛋在忙什么?"薛邵问。他是奉天庭之命投胎,来护佑和尚平安成长顺利地出长安去取经,可就在他投胎的时候,殷歆的两个哥哥毕大毕二也跟着投胎了。

"他们……有点儿奇怪。"老鼠精斟酌着说。他监视这两兄弟也有些日子了,刚开始的时候,他们扎小人、骂脏话、下毒咒,总之对薛邵那是恨得要死。

"他们最近开始四处行善,还给人相面算卦,卦象那叫一个准。"连他被薛邵拿住全家的事情他们都算出来了。

薛邵嗤笑一声,这些年,那两个笨蛋凭着天生的法力,没少找他的麻烦,他们的目的只有一个,防止他找到殷歆。可是斗来斗去这么多年,他从没落过下风。

当年,他从神鸟毕方家族领养了殷歆,把她安置在连理树上吸取灵气,喂她吃甜果子,抱着她入睡,还唱歌给她听,可谓是费尽心思。可是天有不测风云,殷歆有一天竟然被大风吹到人界去了。

出了这种事,毕方家族完全不听解释,尤其是她的两个愣头青哥哥,张嘴报仇闭嘴拼命。

等他终于在白骨洞里找到殷歆时,小丫头已经坚信自己是只妖,心里还埋下了修炼成一棵树的念头。那时候,他已经被委任到下界照看和尚,以毕大毕二的性格,他缺席的这段日子,他们不干出点儿蠢事都对不起他们的外号,好在殷歆还是被他算计来了。

打发走老鼠精,薛邵开始琢磨,这两笨蛋又在打什么主意。

行善?算卦?

他已经完成了人间的任务,阳寿也要尽了,再有几日就可以带着殷歆回天上去了。殷歆近来跟他亲近了许多,展望一下,他们的未来是美好而幸福的。

阳寿耗尽那日,薛邵将殷歆打发走,静静地等着肉身的死亡。可是一直等到第二天破晓,他还是好好地活着。

老鼠精费尽心机总算钻进他的寝宫,上气不接下气地说:"毕、毕家兄弟死了……"

薛邵脑子"嗡"的一声,他意识到有什么事情漏算了。

窗外传来十分嚣张的笑声。

"奸诈不要脸的薛邵!你是不是很好奇自己为什么还活着啊?"毕大问。

"那是因为我们一直行善积德,为你积福寿啊!"毕二答。

"我们一边为你积寿数,一边给凡人卜卦故意泄露天机缩减自己的命数。所以我们死了,你还活着。"毕大喜洋洋地说。

"告诉你个好消息,你这辈子的阳寿是一百二十岁哦!"毕二说。

"做一辈子的老光棍吧!看得见,吃不着!"

"还有,不要指望殷歆来看你了。我们跟她说,她是仙,你是人,如果她总跟你在一起,会害了你,这样会受到天庭责罚,罚你做妖怪!"

"做妖怪就要天天吃人哦!殷歆最讨厌吃人啦!所以她也怕你不爱吃人。"

直到两个声音消失,薛邵还觉得脑子像是挨了闷棍一样。

隔了一会儿,薛邵情绪平稳下来,脸上挂着诡异的笑。就这一笑,差点儿没把老鼠精下哭。

天庭里正在留意凡间事情进展的仙人立刻担心地向天帝进言:"您派到人间执行公务的那位神君,怕是要惹出大乱子了!您看,要不要马上宣他回来?"

　　想到薛邵那种不达目的不罢休,达了目的又爱迁怒无辜的性格,天帝忙道:"让他回来会出更大的乱子!快,马上把神鸟毕方家族的那个小丫头还给他!"

　　人间,薛邵仰望着天空,露出一个成竹在胸的微笑。我的就是我的!怎么抢走的,再怎么给我送回来!

来日赚得金银,第一件事便是娶你。

## 红豆妹妹败下阵来

文/应小苔 图/青玉

## 一 豆豆豆豆子不是黄豆

话说那大唐盛世的时候，长安东市靠近大慈恩寺的街头，有一家老字号的豆腐店，据说祖上曾是做过御膳的，所以豆腐做得特别嫩滑，生意特别好。

本是老老实实地做生意、妥妥地过日子的人家，却偏偏遇到那年头凭空掀起的一场安史之乱，将长安折腾得乱七八糟。等到世道安稳之日，黄家后人就只剩下一个独子，辗转着又把铺子开了起来。

这少年名叫黄业宁，安史之乱闹了八年，他便跟着父母躲了八年，既没读几本书，也没学门手艺，甚至连祖上那点做豆腐的手艺，也只学到十之三四。

可这日子还得过，祖上的物业也丢不得，幸得身边还剩下几粒碎银子，少年算了算，若是每天都卖光的话，几天就能回本接着做下去了。

这天凌晨，黄业宁早早起床了，昨日剩的豆腐已经隐隐地散发出了酸味，而缸子里的黄豆，却只够一天的量了。

黄业宁心里清楚得很，今天若是再卖不出去豆腐，恐怕就只能等着喝西北风了。他皱着眉头抓了一把豆子丢到磨石眼里，一边埋怨自己没有学到爹娘的那些本事。

"嗒嗒。"一粒豆子没有抓稳，从他的掌心滑了出去，滚落在地上。

黄业宁急忙捡了起来，这粒豆子偏小，红彤彤的，看起来似乎是一粒红豆。

这几天，他每天都会拣到这样一粒混入黄豆中的红豆。

他想了想，红豆是肯定不能放入石磨中的，于是随手往外面一扔，又继续转起了手柄。

"哎呀！谁扔东西打我！"外面传来一个娇滴滴的声音。黄业宁尚未回过神来，豆腐棚的布帘便被揭开，一个穿着黄衫的姑娘走了进来。

姑娘长得浓眉大眼，嘴角翘翘的样子还有点儿可爱，圆溜溜的大眼睛一进门就四处打量，看起来不过十五六岁的样子。

黄业宁吃了一惊，说话也结结巴巴了："姑……姑娘，豆腐还、还没做好呢。"

"我可不是来买豆腐的！"姑娘一皱眉头，将手心的东西摊开来，"可是你丢了这粒好豆子来打我的？"

"我……"黄业宁有些语塞，"红豆是我扔的，可……可我没想过打你。"

"哼！谅你也不敢。"她狠狠地把豆子叩在桌面上，"不过我倒想问你，这粒好豆子是犯了什么错，要被你丢得那么远？"

"豆豆豆子不是黄豆。"少年不知道为什么，在这个姑娘面前说话总是结结巴巴的，紧张得连眼神都不知道放哪儿。

"胡说！"姑娘看起来很是生气的样子，她将那粒豆子在衣袖上擦了擦，小心翼翼地又放回了石磨中，"我来教教你怎么才叫做豆腐！"

那天黄业宁虽然起得蛮早的，但是让姑娘这么一折腾，开店的时候已经有些晚了。本以为被这个姑娘瞎搞一通肯定做不出什么好货色，没想到那天的生意居然特别好，不到中午时分，十箱豆腐就妥妥地卖掉了。

"你看看看看，这才叫豆腐，白白嫩嫩，吃到嘴里是入口即化。"那个姑娘还赖在铺子里面，跷着二郎腿教训黄业宁，"你好歹也是豆腐世家出生，做出那种黄黄的一捏就成渣的豆腐，简直是败坏名声啊。"

黄业宁自然不好意思再说什么，今天的生意真是前所未有的好。

"喂，你还发什么愣！"姑娘又嚷开了，"还不快去再买点黄豆回来，抓紧再做几箱还能赶得及晚饭呢。"

黄记豆腐铺子的生意，是越来越好了。半个月前还是一间破烂得不行的小铺子，现在已经简单装饰，还买了四套崭新的桌椅顺带卖起了豆腐花来。大家甚至还说，黄记最有本事的，还是新添了一个漂亮又能干的老板娘才对。

他们口中的老板娘名叫豆娘，就是那天被豆子砸中的姑娘。黄业宁将狭窄的屋子分了一间给她，人家也毫不客气地住下了，她没说什么时候走，少年自然也没好意思问了。

幸得她做的豆腐，硬是把这烂摊子撑了起来，不用赔钱每天还有钱赚！

黄业宁也质疑过，其实她所做的豆腐用的材料跟平时一样，程序也差不多，唯一不同的是，她把那粒本该丢掉的红豆又放了进去。

黄业宁每次都会在袋子里发现一粒小小的、可爱的红豆，看起来像是故意混进来的样子。而豆娘呢，每次都会特别小心地把这粒红豆放进石磨中，然后她便跷着腿儿坐在躺椅上指挥黄业宁做这个那个，仿佛她才是这间铺子真正的老板。

## 二、若是我赚得钱盖了新房子，第一件事就是娶你

姑娘叫豆娘，也不知道姓什么，甚至豆娘是不是她真名都没人知道，就连朝夕相处的黄业宁都没听她说过自己还有些什么亲人。不过黄业宁也不需要知道这些，每天铺子里忙得都快累死了。豆娘又漂亮又能干，招呼客人也有一套，他巴不得豆娘留下来做豆腐，为铺子也为了自己。

他那点小心思都挂在了脸上，隔三岔五地送人家一支小发簪，要不就趁买豆子的时候买些小糕点偷偷地摆在小屋里。厨房里烧火和洗碗的粗活都一

手揽了下来，生怕娇滴滴的豆娘累了或者弄脏了白嫩的双手。

可是不管他怎么明示或者暗示，豆娘就是装着糊涂不松口，有天被黄业宁逼得急了，她就嘟囔着在屋里转了一圈，指着屋顶说道："你看这房子连个像样的房间都没有，天花板也在漏水，你若想娶媳妇，难道不是该有间新房子吗？"

黄业宁听得这话仿佛捡了金子般地跳了起来，他开心地将豆娘拦腰抱了起来："我可就当你是答应了，若是我赚得钱盖了新房子，第一件事就是娶你，到时候你可不能反悔。"

豆娘被他说得红了脸，捂着脸光是害羞，什么话也不说了。

其实，早些年黄家铺子生意还不错的时候，黄业宁是定了亲的，但是这些年过去了，他自己也说不清楚到底是哪家的闺女，或家住何处，这些年这么闹腾，到底有没有活着，也说不清楚了。

黄业宁只是小时候见过那小闺女几次，自然也谈不上感情，豆娘如今帮衬着铺子生意，能讨得这样的媳妇也算是福气了。

黄业宁是这么打算的，这豆腐店这么开下去，只要到了年底，就能把破屋子翻新，到时候名正言顺地将豆娘娶进门，很快就能再添几个小豆子了。

话是这么说没错，可是好像事情总是不那么如人愿。

夏天刚刚到的时候，豆娘还记得那天生意特别好，傍晚的时候，豆腐和豆腐花都卖得干干净净。她正准备叫黄业宁早些收摊回去，这么热的天定是要早些回去洗澡纳凉吃几块早就冰在井水里面的西瓜的，可是最角落那张桌子上的客人，还迟迟不肯走。

那女人面前那碗豆腐花早就吃光了，从下午就坐到现在，低着头也不说话。

"客人，您吃好了吗？"

豆娘冲黄业宁使了个眼色,黄业宁急忙屁颠屁颠地跑过去,想把那只空碗收走。

"我……你……"女人低着头,悄悄地用眼角瞟着豆腐店的老板看,"你可是叫黄业宁,黄家豆腐店的独子?"

豆娘瞧着这女人长得还不错,虽然灰头土脸,穿得也破破烂烂,却遮掩不住她的姿色。如今战乱刚平复,一个颇有几分姿色的单身女人,也确实不容易了。

"客人您若是喜欢吃我家豆腐花明早再来吧,今天我们要打烊了。"黄业宁一边回答一边老练地将那只空碗收起来,扯下肩头的抹布掸了几下桌子,老店铺的熟客多,总会有几个认识的老客人光顾。

"我……我是小柔啊。"女人忽然抓住了黄业宁的衣袖,一双好看的眼睛瞬间就充满了泪花。

要说这长得好看的女人哭起来那简直就是一枝梨花带雨水,娇滴滴的让人心生怜爱。若是换作豆娘哭起来,那必然是一把鼻涕一把泪地到处乱抹,脸皱巴巴的一团,像个变形的大包子。

黄业宁的脸色忽然就变了,他一半尴尬一半吃惊地看着眼前的女人:"你就是陈伯伯家的月柔?"

豆娘瞧着那姑娘如捣蒜般地点头,心里莫名冒起一股醋意来,也不知道为什么,她无法对这个娇滴滴的姑娘产生好感。

不过即使豆娘不喜欢,陈月柔却依然在黄家铺子住下了。黄家铺子虽然小,但是黄业宁还是尽可能地又隔出一间有窗户的隔间,给了陈月柔。

黄业宁说,当年黄家铺子遇到困难的时候,是靠陈伯伯出钱渡过难关的,两家关系那么好,又是指腹为婚,现在世道那么乱,总不能放着一个姑娘在外游荡不是。

豆娘想反驳,可是张了张嘴,什么也说不出来。

## 三、少年的心中总是七上八下的

那年夏天仿佛特别热，豆腐花烫烫的怕卖不掉，豆娘便将煮好的豆腐花提前放在井水里凉着，冰凉凉的佐以调料，吃起来真的别有风味，生意就更好了。小小的铺子中挤满了老老少少，常有人端着碗坐在屋檐下就开始吃了。

这生意好了，活自然就更多了，屋外吃的人是冰凉爽口，可厨房里常年煮着豆腐花，闷得跟蒸笼没差别。豆娘整日在井边和灶头跑，一双手端了烫的又立即浸在凉水中，皮都脱了几层。

"唉，你看你的手。"黄业宁心痛地看着忙碌的豆娘，"要不咱们再请个人吧，你这样手都快坏了。"

豆娘摇了摇头，铺子生意虽好，毕竟是小本买卖，多请个工人得多卖多少豆腐才赚得回来啊。

"请个人多不划算啊，你是越来越不爱做事了。"豆娘有些着急，"月柔也是，每天光顾着在屋里化妆打扮，铺子都忙成这样了，你也看不见吗？"

月柔正在院子里摘那开得正艳的凤仙花儿，听到豆娘这一说，便有些不高兴地丢了满地的花儿。

"我身子不好，这么忙着的话，定是要晕倒的。再说了，业宁哥是老板，请几个人帮忙就好，干吗要自己动手啊？"

"是啊是啊，月柔身子不好，哪能跟你一样啊。"黄业宁急忙说道，"本来就是嘛，现在生意那么好，有钱赚干吗自己那么累？"

"说得倒是轻松！"豆娘心中本憋着一口气，听到黄业宁也维护月柔，语气便也不好起来，"难道她就不吃饭的吗？重的做不了，收收碗筷总是能行的吧。"

"我……"月柔话未落地，泪珠儿却先落了下来，"我好歹也是业宁的未婚妻,身子不好也不是我的错,你就那么不待见我吗?"

"她……"黄业宁想说点什么,却什么都没说出来。

豆娘本就是个心直口快的人,便重重地将一大摞碗筷往地上一放:"我也不做了,我也身子不舒服。"

"你!"黄业宁急了,"你这是无理取闹!"

豆娘来豆腐铺子也有小半年了,从未跟黄业宁红过脸,这么一吵,委屈得快要哭出来了。可她又不屑于跟那娇小姐一样,一着急也不知道说什么才好了。

自打月柔来了后,老是娇滴滴地缠着黄业宁不做事,可铺子天天忙得要死,豆娘还要伺候着月柔的衣食住行。月柔开始还客客气气,到后面就索性把豆娘当丫头使唤,总把自己是未婚妻的事情挂在嘴边,而黄业宁还有意无意地护着她。

想到这里,豆娘便一肚子火,自己来这里,就是想帮黄家搞好这豆腐铺子,反而还要受这份气,她一跺脚,也不再说什么,转身便走。

黄业宁想要追,却被月柔拉住了。

"她……豆娘姐姐正在气头上,消气了就好,业宁哥你就不要去追了。"

"谁要追了。"黄业宁赌气似的,"还真以为这个铺子没她不行了呢。"

谁说我会回来?豆娘在心里嘀咕着,这份气,还真不受了。

看着豆娘气呼呼的身影越走越远,黄业宁纠结的内心,这才算是松了口气。

他每天凌晨就被豆娘抓起来磨豆子,接着开店招呼客人,生意是好了,可是累得都快直不起腰。豆娘又不许再请个工人,明明自己才是这间豆腐铺子的老板,可指手画脚的都是豆娘。

少年心里有怨念,可是又不好说出来。

偏偏这时候美丽的月柔出现了,她比小时候更漂亮更温柔,又善解人意,一双玉手总是纤细洁白的，哪里像豆娘，每天都是乱七八糟的头发和一双被水泡得皱巴巴的双手。

说起来，自己也是跟月柔定过亲的，之前以为战乱失散了，可是现在她又回来了，怎么都该先履行婚约的是不是？

黄业宁心里打的那些小九九，当然是不敢说出来的，可是月柔仿佛看穿了他的心思，总是有意无意地帮着他，有时候还会塞给他一张带着香味的汗巾什么的，弄得少年的心中总是七上八下的。

本来黄业宁还不知道怎么跟豆娘说呢，现在这样，貌似也不错的样子。

## 四、这屋里至少有两只妖精才对

黄家铺子没有了豆娘，生意还真的不行了。

其实豆腐味道还是很不错的，而黄业宁早就发现了，有一粒漂亮的红豆每天都会在缸子里出现，而豆娘做的豆腐那么好吃，就是因为每次都把它放进了石磨。

人手倒是请过几个，可都不够机灵，铺子里常常乱了套路，端错东西算错账的次数多了，东西再好吃，客人还是渐渐地来得少了。老板娘倒是换了个漂亮的，可又不会招呼又不会帮忙，还时常耍性子，谁也不是花钱来买罪受的啊。

本来算着年底就能翻新铺子，可是这样下去，估计是要亏损了。月柔的大小姐脾气是越发严重了，帮不上忙不说，还总是大手大脚地花钱买东西，豆娘这一走，更是无法无天了起来。

其实黄业宁自己也后悔了，没事把豆娘气跑干吗？

想到这里，黄业宁便睡不着了。

他推开窗户看了看，启明星亮闪闪的，反正睡不着，就早点儿起来磨豆子好了。

煤油灯儿一闪一闪的，他小心翼翼地推开门走进了铺子，昨天剩的几盒豆腐发出浓浓的酸臭味，而黄豆只剩下那半袋，刚好就是今天的量了。

厨房里好像有个影子在，窈窕的影子映在窗纸上，正在石磨前忙碌着，像极了豆娘的样子。

莫不是豆娘回来了？黄业宁心中居然涌出一阵说不出的欢喜，豆娘果真还是舍不得自己，回来帮自己做豆腐了吧。

他小心翼翼地推开厨房门，"吱呀"的一声惊动了屋子里的人，只见人影一闪，忽然就没了。

就那一瞬，他看清楚了，确实是豆娘没错，袖子高高地挽在手臂上，正在雾气腾腾的大锅旁边煮豆浆。

少年觉得眼前的情景仿佛似曾相识，但是好像又如恍若隔世般的不清晰。

豆娘忽然不见了，灶台上只剩下一粒圆溜溜的红豆，像极了豆娘的圆脸。

"喵呜……"一个小东西忽然从袋子里钻出来，飞快地顺着墙角跑了出去。

黄业宁被吓了一跳，这才看清是只浑身黄毛的猫儿，它嘴里叼着的，正是那粒红豆。

"该死！"他一着急，便将手中那串铜钥匙丢了出去。可是猫儿跑得太快，只是打中一条后腿，虽一瘸一拐的，却还是很快地钻入东南角的屋子中不见了。

没有了那粒红豆，待会儿做出来的豆腐肯定又得打回原样。

少年跟着黄猫的影子追了过去，那是月柔的房间，他急坏了也没多想，拍了几下门，便推开进去了。

屋子不大，一盏油灯就照亮了，月柔正半躺在床沿，半床被子遮了她的身子，一条腿搭在床沿。

"你进来做什么？"月柔凶巴巴的，一点儿也不像平日那么温柔的样子。

"我……对不起。"少年急忙道歉,"你可看见一只黄色的猫儿?"

"没有!出去!"月柔龇了龇牙,动作奇妙得像极了猫儿。

黄业宁看得再清楚不过了,她的嘴里清清楚楚地闪过一点红色,正是那粒小巧的红豆儿。

"你……"他还想说点什么,忽然看到被子遮挡不及的阴影里,一条黄色的猫尾巴正在缓缓抖动着。

"吱吱——"那女人忽然变了嘴脸,一条大尾巴扫到少年的脸上,他只觉得眼前一黑,便晕了过去。

可能黄业宁长这么大,从未见过那么稀奇的事情。

好好煮豆浆的豆娘忽然变成了圆圆的红豆,温柔的未婚妻也能变成黄猫儿跑掉,这乱世还有什么不能发生的?

"施主,施主!你醒醒!"

黄业宁睁开眼睛的时候,天上一轮月儿正圆,几个戴着帽子的道人围着他,为首的正掐着他的人中。

"这位施主你可醒了。"一个小道士咧开嘴笑了,"我们师兄弟几个路过这里,见你的屋子妖气冲天,想要来看看,刚巧看见你晕倒了。"

"妖气冲天……"黄业宁想起那只肥大的黄猫来,便原原本本地把早上的事说了一遍。

"一只猫妖?"为首的那个道人拿着罗盘子在屋里绕了几圈,斩钉截铁地说道,"这屋里至少有两只妖精才对!"

虽然黄业宁不愿意承认,但是那粒总是不会消失的红豆就是豆娘了。

五 那粒小小的红豆混入黄沙逐入浪中,再也看不见了。

"我猜猫妖叼走红豆是为了用红豆的修为成精!"道士掐指一算,撂下

201

这句话。

黄业宁决定出发去找豆娘。

几个道人给他算了一卦，说妖气沿着东南方那边去了，应该已经离开长安城了。几个道士还说，猫儿怕水，应该是过不了媚儿河的。

铺子里面都是破桌椅，本来赚了些银子，也被月柔败得精光，唯一剩下的值钱的，居然只有半袋子黄豆了。

这跟豆娘刚来的时候没有区别，兜兜转转了一圈，又回到了起点。

黄业宁将半袋黄豆扎好扎在腰间，这就出发了。

再笨的脑子也该想明白，只有豆娘才是真心帮他的，而月柔……其实那是不是月柔也不得而知，在这战乱时代，那么多年没见过的人，什么都会发生是不是。

"请问，你有没有见过一只很大的黄猫？这么大，叼着一粒红豆？"

黄业宁逢人便问，一直沿着东南走，不论是荆棘还是沼泽，不分白昼还是黑夜。

直到三天之后，他看见了那条河。

大概是因为上游之地下过大雨，这河水涨得特别高，还混浊得紧，唯一一座小桥，已经被大水冲断。黄业宁远远地便看见，一个女人站在断桥上，背影模模糊糊却熟悉得很。

"月柔！"黄业宁认出是那只黄猫，又有点儿害怕，便壮着胆子远远地喊了一声。

女人回过头来，她没上妆的样子看起来有些凶煞，瞳孔细细的一条像极了猫儿。

"你……还是月柔吗？"黄业宁压抑着内心的害怕，站在桥下便不再前进了。

"你明明知道了……"女人笑了笑，看起来诡秘得很，"我是陈家小姐养的猫儿，战乱第一年她便去世了，我食了她的身体，化作了人形。"

黄业宁看见她的笑容，想到自己曾经跟她在同一个屋檐下住了那么久，便觉得背心里一阵恶寒。

"那……豆娘呢！"他四处看了看，没看见豆娘的影子。

"嘿嘿。我已将这红豆的修为吸去七八成了，就算还给你，它也不是原来的样子了。"那女人狡黠地一笑。黄业宁看到她的口中有一点红光一闪，想必是那粒红豆了。

黄业宁觉得自己的心扑通扑通直跳，女人轻盈的身姿站在断桥上，他堵在桥头。他捏紧了手心，将道士给的符咒摸出来，鼓起勇气说道："你把红豆还我，我就让你离开。"

桥头的猫妖忽然换了一副楚楚可怜的样子，瞳孔也恢复了常态，娇滴滴地看着桥下的黄业宁娇嗔道："业宁……是我啊，我是月柔啊，你为何要这样咄咄相逼？"

黄业宁有些恍惚，不知道眼前这个女人何时是真，何时是假，她那娇滴滴的样子，到底是最能让自己心动的。

"你收起符咒，我便将那红豆娘子的修为还给她。"她眨巴着眼睛，泪珠儿像断线的珠子滑落下来。

黄业宁想起小时候唯一一次看见月柔，便是她跌倒了哭哭啼啼的样子，忽然就心软了，毕竟是个女孩子……想到这里，他便将符咒收了起来。

这可能是黄业宁这辈子做得最错的一件事，之前那娇滴滴的猫妖瞬间变了面目，长长的獠牙从嘴里长出，一跃身化作了巨大的猫妖，直愣愣地便向桥头冲了过来。

黄业宁始料不及，幸得符咒尚在怀中，急急忙忙地摸出来，也只沾到猫妖的尾巴。

"嗷呜——"那猫妖吃痛地发出一声呼啸。黄业宁看得清楚，那粒红豆从它的嘴里滑落出来，滚到河水里去了。

大概是因为惧怕少年手中的符咒，大猫围着桥头转了几圈，最终没敢为难他，当然也没敢下水，而是顺着小路逃入高高的野草丛了。

黄业宁抹了一把头上的汗水，他的双手因为害怕而瑟瑟发抖——他急忙掉头去找那粒红豆，可是那河水里，已经什么都看不到了。

上游刚下过大雨，河水涨得很高很混浊，那么一粒小小的红豆落入水中混入黄沙逐入浪中，再也看不见了。

少年鞋也顾不上脱便跳入河中，在河底混浊的河沙中翻找起来。他只觉得心底一阵钻心裂肺的疼，蓦然间想起许多豆娘的点滴，巧笑焉兮，只恨自己当初鬼迷心窍居然背弃了她，而如今又因为胆怯放过猫妖。

可是红豆那么轻，水那么混浊那么急，去哪里找？

### 尾声

"所以您就一直在这里了？"

姑娘问那在江边淘沙的男人，他两鬓斑白，脸上满是被岁月雕刻的痕迹。

男人将手中的筛子放下，将身后的竹篓打开，里面满满的都是豆子，各种颜色，各种品种。

"可是我再也没有找到那粒红豆。"他有些黯然，却一点儿没有放弃的意思。

"可是那么多红豆，你怎知道不是？"小姑娘歪着脑袋，圆圆的脸蛋大大的眼睛，可爱极了。

"若是你心中有那么一个特别的人存在，就算它再普通，也能在芸芸众生一眼就认出来。"

"那你瞧瞧这粒是不是咯？"小姑娘笑嘻嘻地从怀中拖出一根银丝线，

上面钩挂着一粒圆圆的、胖胖的红豆。

"我娘说,我是在这河边捡到的,捡来时手中便握着它。"

黄业宁只觉得鼻子一酸,眼泪就快要流下来,即使时隔十年,她的样子却一点儿也没变。

"不找了!"男人站起来,将那些筛子都收起来,拉起小姑娘的手,"你家在哪里?带我去你家喝杯茶可好?"

倘若能将喜欢说得清楚明白那或许就不是喜欢了。

## 寂寞僵尸无公害

文 / 四夕若若　图 / 青玉

## 一 半死不活，咱是救还是不救？

果然还是古代的空气清新啊。

翠色重峦叠嶂的山岚缝隙间是川流不息的溪水，天空的色调是沉淀在蓝白之间的晕染。贺萌萌深吸一口气张开怀抱，站在山顶的绝壁间一览众山之秀美。

"咻——"

头顶白影掠过。

她眼睛半眯抻长脖子往外探。

一群人站在白影坠下的悬崖旁，古装电视剧里常见的官差，个个手持利器，凶神恶煞。为首穿紫袍的矮个胖子脸上和身上的肥肉成正比，嘴角还有颗硕大黑痣，他抻长脖子朝崖下看了两眼，混浊的眼神中闪烁着浓烈的喜悦。

贺萌萌打个哈欠变成蝙蝠飞下悬崖，在谷底的乱石堆中看到了个浑身是血的人，被挑断手脚筋也就罢了，还划花脸蛋，血肉纵横的样子还真可怕。

"救……"

男人染血的眼帘中出现一个模糊的身影，想尽全力抬起手却还是落下。

这人快死透了，如果救就只能把他变成同类。哦！忘记交代了，贺萌萌是一只僵尸，现代俗称吸血鬼。

当同类们混迹在繁华时尚的 21 世纪吃喝玩乐时，她懒腰一伸独自滚了三千年的床单，醒来后看到其他人成双成对，瞬间内心寂寞泛滥成灾，决心出门去找个伴。但现代的爱情快餐年代，各种疾病也越来越多，比如艾滋病、癌症、性病等等……让有洁癖的贺萌萌突发奇想，去古代找个纯天然无公害的好苗子。

谁知刚站在古代的山顶看会儿风景就撞见江湖仇杀。算了，跟这人不熟，咱没必要蹚这浑水。她刚要变成蝙蝠转身飞走，就见几根绳子从悬崖落下，随之几个跟死去男人着同样白纱衣的男男女女飞身而下。

"二师兄！"

"师兄……"

"妖女，拿命来！"

现场的情景无疑对赶来的众人是触目惊心，人群中的白衣少女举剑朝贺萌萌刺来，招招凶狠欲致人死地。

哼，老娘讨厌背黑锅。

贺萌萌食指叩击，瞬间少女的长剑在离贺萌萌脖子只有几公分的地方停下。下一秒，少女手中长剑翻转，她惊恐万分，持剑做出自刎动作。

"师兄，这个妖女使了妖法！"

白衣男子身影如鬼魅般飘移而至，在少女肩膀上点了下，搂住昏厥过去的她，转向贺萌萌："姑娘，小师妹冲动，得罪了，还请勿怪。"

这男人模样挺不赖的,比时尚界那些病态美的男模特和明星有魅力多了，英气的剑眉，一身正气。

"纯天然无公害"几个大字在贺萌萌脑袋里冒出来，她心情转好，问："大侠，你叫什么名字，成亲了吗？"

众人要不是在君蔚然眼神的压制下，险些忍不住提剑冲上来，这妖女实在太可恨，杀害自己的同门兄弟，现在又色胆包天调戏大师兄。

白衣男子愣住："在下君蔚然，还未成家。"

"太好了！"

贺萌萌高兴得拍手，手指了指死去的男子，看着君蔚然："只要你答应娶我，我保证治好他。"

众人倒吸口凉气，这世间当真有如此诡异奇能，让死人回生？

## 二 这男人是妖孽啊妖孽

白眉老道抚着白胡子从远处走来，听完弟子们的叙述，得知二弟子沈云辰被人杀害又正在被人救治，他内心思绪良多，事情的起因会不会是不老丸……

屋内贺萌萌的眉头皱成川字，瞪着被她转化成僵尸的男人，皮肉在渐渐长好，割断的筋骨也在愈合。

吹弹可破的如雪肌肤，脸上没有半点瑕疵，俊挺的鼻梁，比樱花还要红嫩的唇瓣，特别是掐起来真带感，精瘦的腹部肌肉，黄金比例的身材好得让人流口水。

忽然，那双黑曜石般璀璨的眸子缓缓睁开散发紫光盯着她……

"杀，我要杀杀……"

死前怨恨太深，刚成僵尸，嘶吼声如同野兽的低吼，躺着的他猛染翻身将贺萌萌压制在身下，两颗獠牙泛着阴森寒光，手卡住她纤细的脖子，满脑子都是啃食撕裂破坏的念头。

"妖气！"

屋内妖气骤起，白眉老道神色骤变一扫浮尘，推门冲入。贺萌萌心一惊，连忙拉下床帘遮挡住。

她嘴吐紫色雾气令抓狂的男人昏厥，随手将其变成狐狸拧起，拍打了下他的小脑袋骂道:"你这只不聪明的畜生,叫你别乱叫,不听话是吧,小心被人抓去当红烧烤狐狸!"

白眉老道笑眯眯地走过来:"姑娘,小徒呢?"

她眨巴了下美目,看向窗帘内:"七天内你们任何人都不得动他,否则出了什么乱子,我可不负责的哟。"

……

接下来几天。

全部都是素菜,萝卜、青菜、豆芽等等……这一桌子看得贺萌萌反胃。现在被大侠盯着是吃还是不吃呢?身边的狐狸焦躁不安。

"帅大侠,厕所在哪里?"

羽沉疑惑:"姑娘,在下陆羽沉,不姓帅,更不是什么大侠。至于姑娘所谓的厕所,又是何物?"

忘了,自己现在是在古代。

"就是茅房!"

"哦,出门左拐再往前走一段路的样子,我……"他话还没说完,贺萌萌就以迅雷不及掩耳之势冲出饭堂。

出门没多久见四处无人她便停下,掐着那只咬住她手腕拼命吸血的狐狸的脖子,用力拽下来,然后发泄般丢出去,一个完美的80度的抛物线落地,狐狸在地上滚了好几圈停下。

她煞气全开,周身紫色雾气越发浓郁,走过去不解气地踹狐狸:"敢咬我,你活得不耐烦是吧!"

趴在地上的狐狸撑着前爪子,紫色的眼珠里泛着红光死死瞅着她,他明明是人,却被她弄成如今这副狐狸模样,怎么不恨?

贺萌萌不怒反笑:"真是个不知好歹的东西,不喜欢狐狸模样跟我说嘛,把你变回来就是了。"又碎碎念道,"也不想想,就刚才那场面,你那气壮山河一声吼，不把你变成狐狸，被你师父看到你变成僵尸，还不就地把你给灭了。"

话音刚落，她放下狐狸，随口念了句咒语，等到紫色逐渐散去，狐狸不见了，而地上蹲着一名浑身肌肤赛雪的绝美……裸男。

他骂道："妖女！"

## 三、想报仇的狐狸，不得了

"再看我，再看我，再看我就把你吃掉！"

贺萌萌龇牙咧嘴地揪着怀里狐狸的耳朵威胁着，想她身为一个洁身自爱的僵尸，见到全裸的男人会喷鼻血，用得着这么鄙视吗？

再次被变成狐狸的沈云辰欲张口咬她手腕，忽见几名神色慌张的蜀山弟子走来，他用爪子使劲挠她衣袖，贺萌萌会意拦下一人："出了什么事？"

小道士紧张不已："山下、山下来了很多官兵，他们说……"

"慌慌张张成何体统。"白眉道长打断，从屋檐飞身而下，"你们先下去吧，为师已知晓他们来此的缘由。"

小道士们点头离去，贺萌萌挑眉看着白眉道长，怀里的狐狸趁她稍不留神挣脱跳下地，一溜烟地跑了。

"你的宠物跑了。"

贺萌萌觉得这笑眯眯的老道不是个简单货色，好像知道些什么，不过，应该是她想多了。这老家伙印堂发黑呈现死气，命不久矣。她难得好心地提醒："老头，你活不了多久了。"

"你竟敢对师父出言不逊！"倩菲带领的几名蜀山弟子从天而降，唰唰唰几柄长剑对着她。

"懒得理你们，我找狐狸去。"贺萌萌随手抛出紫气将几人掀开。倩菲欲追上去却被白眉老道拦住。

狐狸孤零零地站在山崖上。

山岚云雾下是数以万计的士兵，对比鲜明。狐狸转过身，眼里鲜红一片的恨意，开口说话："你有能力杀了他们？"

贺萌萌思考这个问题如何回答，最后模棱两可地丢出句话："能，也不能。"她虽成为灵力超凡的师祖僵尸，不在三界六道，但是过多干涉人间之事终究是不好。

"那杀了为首几个人。"

"你叫我杀人我就杀？你有没有搞清楚是我救了你。"

狐狸扭头，贺萌萌抓住他尾巴，手指着他额头戳呀戳："小气鬼，说你两句就不乐意。说说看你们之间有什么恩怨，或许我会愿意帮你报仇。"

狐狸半信半疑地瞅她，说："因为皇帝看中我们蜀山的一件宝物，想让我去给他们偷过来……"

"你不愿意！就被划花脸，挑断手脚筋抛下悬崖？"贺萌萌兴冲冲地打断，这简直是典型言情小说腹黑男的悲惨过去，"那到底是什么宝物？"感受到狐狸警惕仇视的目光，她大义凛然地握拳，"像你主人我这么强大的人，有必要窥觊你们蜀山派那什么乱七八糟的宝物吗？！"

狐狸瞥她一眼，沉默不言。

"啊，好困，回去睡觉了。"

贺萌萌伸展手臂转身，见狐狸站那儿不动，她摇身一变，变成只大号蝙蝠，爪子扣住狐狸拎起来朝山顶飞去。

"放开我！"

"再吵，把你丢下去摔死。"她威胁完，不忘给颗糖，"如果你乖乖听话，我明天睡醒就帮你教训那些人。"

"来，叫声主人听听！"

"……"

"不叫?把你丢下去。"

"主……人。"

狐狸嘴角抽搐头顶三条黑线,被她嘿嘿嘿的笑声弄得寒毛竖起。

## 四 白眉之死

七天时间一到,贺萌萌撤掉房间里的障眼法将沈云辰变回人身。

蜀山众人看到完好无恙的沈云辰无一不被震惊到目瞪口呆,唯有倩菲眼神一沉,拔剑指着两人骂道"妖物"!

白眉道长浮尘一甩击断长剑,倩菲跺脚恨恨地瞪视贺萌萌一眼甩袖离去。

山腰处因有贺萌萌撒下的雾障阻碍,数万的官兵困在山下犹如在迷宫深处绕圈圈,始终无法攻上山来。

蜀山派的弟子一下子将贺萌萌封为天人,每个人都对她好得不能再好,这一幕幕让倩菲看在眼里恨在心里。

而贺萌萌又开始每日一事,调戏君蔚然:"相信我,你娶我绝对是不会亏的!第一,我不需要你保护;第二,我还能保护你;第三……"

"姑娘,你救了沈师弟,在下当按照誓言娶你。只是,蔚然不想骗你,我已心有所属。"

没事,咱去灭了她!

"她是谁?"

"她是……"

忽然,山顶四周响起久久不停的震耳钟声,君蔚然神色紧张跃身而起:"不好,蜀山出大事了。"

贺萌萌咬牙切齿地跟在他身后，差点就问出是谁了。

石洞内四周龙腾石雕气势恢宏威严，藤架上陈列的器皿和卷轴不染尘埃。地上躺倒的白眉道长胸后插着匕首已断气身亡，一旁惊惶不定的倩菲在众弟子的护卫下指着沈云辰大喊："是他杀了师父，是他！"

随君蔚然进入山洞，贺萌萌见众人愤怒欲杀沈云辰，来不及思索，撒出层层黑雾趁乱抓人就跑。

云峰之顶，一般很少有人能上得来。

在悬崖边放开沈云辰，见他一副失神落魄的样子，她顿时来气，抬手一巴掌拍过去："你白痴啊，别人要杀你，你都不躲！"

哪知他不躲不闪，脸蛋红了大片。

"告诉我，你是不是把我变成吸血僵尸了！"他忽然发狂，抓住她肩膀死命摇晃，"是不是！"

今天这到底是唱的哪出？

"是，我把你变成跟我一样的僵尸。"她声音提高几分贝辩解道，"那种情况不把你变成僵尸，你就只有死路一条。再说当僵尸有什么不好，你们人类不总是在追求长生不老吗！"

万念俱灰的沈云辰慢慢松开她，想自己摔下悬崖粉身碎骨，却被贺萌萌拽了回来。

"僵尸这么摔下去是死不了的！白眉真是你杀的？"

"我没有！"

"那为什么倩菲说你杀了白眉？"

"我……不知道。我只记得自己忽然很想喝血……"

晕，怪她！光顾着调戏君蔚然去了，忘记这家伙是新僵尸，前半个月很容易饿。

"我……竟然……"他癫狂地看着双手，"那会儿我控制不了自己，想去咬师父……然后，被师父打晕，醒来就看到师父躺在地上，背后插着匕首，难道，真是我发狂中杀了师父？！"

贺萌萌咬着手指想了会儿，发狂的人怎么会多此一举去拿匕首杀人，瞄了眼面前这要死要活的家伙，她脑中顿生一计，拍掌："我有办法知道，是谁杀了白眉了！"

山顶往下的小径处有个洞穴。

贺萌萌变成蝙蝠停在藤蔓上，闭上眼睛前看到沈云辰在面壁，睁开眼睛他还在面壁。实在受不了了，她变回人身落在他身后："说了明天我会有办法让你知道真相，你就睡吧。"

"别管我。"

向来脾气就不好的贺萌萌怒了，施展神力将人掰过来，刚要开骂却发现他眼角和脸颊都是泪痕，她的心咯噔一下往下沉，惨了，没抵抗能力，哭得好让人心疼。

"乖啦，不哭，人都会死的。"

他将头垂到膝盖上："我是个孤儿，是由师父带大的，在我心里一直当他是父亲。如果真的是我发狂害死了他……我……"

"不会的。"贺萌萌圈抱住他，"相信我，绝对不是你杀了他，就算是僵尸发狂杀人，也是将人全身血液吸干，不可能用匕首。"

"可是，如果是我这种新……僵尸。"

不要用这张萌死人不偿命的漂亮脸蛋瞅着我，人家小心肝都快化了。她脸红心跳加速外加有点喘不过气。面对这种未知情绪，她选择将他头挪向墙壁："你还是继续面壁思过，我睡觉。"

她变成蝙蝠飞去洞外的藤树上挂着，一晚上被风吹得摇呀摇。

### 五、他的心里没有你只有她!

化身成蝙蝠的贺萌萌打个哈欠趴在树枝上偷窥,树下,神情紧张的倩菲和一个穿着将士服的男人正拉扯着。

"你不要再来找我了!"

男人色眯眯地挑起她下巴:"利用完了就扔掉,你就这么对待你的救命恩人?要不是我杀了白眉老道,你这会儿还……"

倩菲甩男人一耳光。

倩菲恨道:"如果不是中了你们的毒,我才不会帮你偷师父的不老丸,现在东西你们已经拿到了,解药给我!然后马上滚!"

……

一切都已弄明白,贺萌萌扭着蝙蝠腰,慵懒地朝山顶飞去。

蜀山派,掌门继任大典。

君蔚然一身白衣翩翩站立在高位,身边是三名端着掌门就任法器的师伯。大殿中央摆着装有白眉道长尸体的石棺,而棺材的四周站立的是所有蜀山派的男女弟子们,神情凝重又悲伤。

随着庄严的敲钟声响起,君蔚然接过象征蜀山派掌门的浮尘和令牌,宣誓必将让蜀山派发扬光大。当殿下众弟子群起愤慨,要手刃沈云辰替白眉道长报仇之时,躺在棺材里的白眉道长竟坐立起来。

"师父!"

众弟子见过沈云辰死而复生,对于此情景也就没什么可怕的,齐齐前来搀扶白眉道长出棺材。

他笑眯眯的目光在围绕众人一圈后定格在浑身打战的倩菲身上:"倩菲,你真是我的好徒弟,勾结官差偷走不老丸,又害死为师不说,还将种种罪过推给你二师哥，为师真是对你太失望了。"

倩菲对视上白眉道长眼神的那一刻，恍然有种熟悉感："不，他不是师父！是妖女！"她把剑朝白眉道长刺去。

"我说过不准任何人糟蹋我师父遗体。"殿外，紫色雾霭如闪电般挡在白眉道长身前，倩菲的剑刺穿沈云辰胸口。在倩菲震惊的时候，沈云辰不疼不痒地拔出插在胸口的剑，伤口竟自动愈合。

"你们看！我说过他们是妖物！"倩菲欲鼓舞他人，诛杀两人。众人拔剑走来，君蔚然也飞身而至。

"等等。"

沈云辰与君蔚然对视，别开双眸后拍拍手，门外几个蜀山派弟子绑着几名将士模样的男人走入殿内。

一见其中的一名男子，倩菲顿时面如死灰坐倒在地。

贺萌萌从白眉道长身体脱出，坐在石棺上，右脚将其中一名男人踹翻在地，厉声道："还不一五一十地把真相说出来！"

"我说我说！女侠饶命，饶命！"

想起之前被贺萌萌整得哭爹喊娘，他声音颤个不停地讲述：皇帝下死命令必须拿到不老丸，可他们上不去只好在山下守株待兔，正巧遇上下山的倩菲，便下毒控制她里应外合偷药，却不料被白眉道长发现，因此只好将其除去。

贺萌萌拍拍手，抬腿一脚将那狗腿男人踹开，瞥了倩菲一眼，讨好般地走到君蔚然身边，笑道："真相大白，君掌门，你说现在该如何处理呢？"

倩菲爬过去抓住三位长辈，求饶："师伯，我知道错了，我不是自愿的，我是被逼不得已啊！"

三位师伯对倩菲此举是摇头叹息，众弟子是恨不得上前劈了她。然而，此时得意扬扬的贺萌萌怎么也没想到，君蔚然竟走到三位师伯面前，双膝跪地，呈上掌门令牌和浮尘："我愿以掌门一职换倩菲一命。"

## 六 挥手拜拜祝你们愉快

贺萌萌站在翠绿草丛的山门外，抬头，看着刻印在石碑上苍劲有力的"蜀山派"三个大字，叹气。

原来"纯天然无公害"的君蔚然心里的那个人是倩菲，真是造化弄人。

沈云辰忽然来了句："谢谢。"

对哦，都说谢谢她。

原因1：她更换了那些官差的记忆，弄了颗假药丸给皇帝，吃了后就会忘记有不老丸和蜀山派这码子事。逃过灭门之灾的蜀山派众人感谢她；

原因2：她抹去了倩菲所有的记忆，卸下掌门之位的君蔚然会带她隐居江湖。君蔚然感谢她；

原因3：她从此寻找真爱的路途中多了沈云辰这个拖油瓶。众蜀山弟子和三位师伯感谢她！

谢你妹的谢谢！

特别是君蔚然在离开前对她说的那番话，更是让她郁闷得半死。

青山绿水，山间小溪。真是适合分手的好地方，问题是她恋爱还没开始就死翘翘了，真是不甘心啊！

"你喜欢倩菲哪一点？"

贺萌萌觉得，有些东西可以学着，再遇上纯天然这类的人，至少可以派上用场。

君蔚然还是第一次遇见时那样的仙风道骨，特别是山涧的风吹动他袖摆的时候有种化羽登仙的出尘感。

他说："倘若能将喜欢说得清楚明白那或许就不是喜欢了。我只知道，我想保护她，不让人伤害她，想看着她笑。在看不见她的时候会惦记，看到她对别人好，心口又酸又堵。你对我，有这种感觉吗？"

"没有。"

她没半点迟疑，说完连自己都觉得尴尬。

君蔚然静静地微笑，第一次主动握住她的手，眼睛里充满着让人沉溺的温柔，却是看向不远处沈云辰站立的地方："看看身边吧，有人比我更适合你。"

哪里有！

天天被这么个长得比你漂亮，皮肤比你好，身高又比你高的俏男人跟着，她这辈子还可能找到纯天然无公害的真爱吗？而且，沈云辰这货之前不是很嫌弃僵尸吗？最近怎么越发……

"想飞就飞，真是比练功轻松得多。"

"我以前从不知道，原来看东西的视线可以这么清晰。"

"僵尸真的是不老不死的吗？贺萌萌，你活了多少年了？这么多年来，你看着身边熟悉的人一个个老死，你不会寂寞吗？"

沈云辰自从适应僵尸这个身份后，从闷葫芦转化为话痨，还时不时问她一些奇奇怪怪的问题。比如你是什么时候变成僵尸的，是谁把你变成僵尸的，然后僵尸有什么弱点，等等等。

喊，都过去那么久的事了，她哪还记得？🍀

"我不怪你,想让你留下来。"

## 替补仙妻伐开心
文/芝墨 图/鱼姬

## 一 做什么要这么生气嘛

做神仙实在太无聊了。

白小茶位列仙班才短短五十载,就闷得发慌。仙界的各个角落都被她逛了个遍,该看的和不该看的风景也看了不少,白小茶最终得出结论:仙界比凡间无趣。

这日,白小茶逛着逛着,就逛到了月老殿。月老正在绑红线结姻缘,白小茶觉得好奇,也拿了一根红线去玩。结果……

"哎呀,白小茶,你这个破坏王,你绑错了!"月老急得跳脚,"这两个娇娥虽然名字一样,可是一个住在城西,名叫元娇娥;一个住在城北,名叫李娇娥。你……你搞错了。"事关重大,月老连抱怨的力气都没了。

"解下来不就行了。"白小茶眨眨眼睛,无辜地说,"做什么要这么生气嘛。"

"你倒是给我解解看?"月老欲哭无泪,绑好的姻缘线是解不开的,"天哪,城西的元娇娥今天要出嫁,城北的李娇娥傍晚会死去,而那个男人花名扬本来会娶城西的元娇娥,夫妻恩爱,子孙满堂,享尽人间荣华。可是,却被你换了姻缘线,迫得他要娶城北那个短命的李娇娥,落得子孙全无,孤苦伶仃的下场。白小茶啊白小茶,你说你是不是手贱?是不是该罚?"

白小茶不知道自己竟在无意中犯下这么大的错误,瞬间慌了神,她忐忑不安地跪在月老面前,悉心认错:"白小茶错了,请月老处罚。"

月老背着手,在殿堂上踱过来又踱过去。最后,他想了个主意,双手扶起白小茶,微笑地道:"白小茶,自己犯下的错误要自己承担后果,对不对?"

白小茶点头。

"那么,你下凡吧。"

"啊?"

"你代替李娇娥,去扭转花名扬的命运。"

"哎?"白小茶想了想,问,"不能等李娇娥死了之后,再让那个元娇娥嫁过去吗?"

月老摇头:"在你绑错红线的一刹那,这三个人的命运,都已经改变了。"

"李娇娥的命运会变成什么样子?"对于自己将要替补的角色,白小茶忍不住好奇。

月老唉声叹气,道:"她本来应该死在自己的卧房里,现在要死在花家的大堂上。"

大堂上?那不是……

"啊,月老大人,我还有个疑问,等我办完这件事情,该何去何从?"可惜,白小茶的声音被月老无视了,或者说,被时空吞没了。

二、你不是娇娥,娇娥比你长得漂亮多了。

花府门前张灯结彩,人头攒动,一片喜气洋洋的景象,连镇守大门的两只石狮子都披上了红披风,以崭新的姿态迎接女主人的到来。

远远地看见迎亲队伍来了,花府的家丁立即燃起了鞭炮。一瞬间,炮仗声、锣鼓声响成一片,极是热闹喜庆。

踢轿门,牵着红绸的一端把新娘子带至大堂,新郎花名扬的脸上始终挂着笑意,看起来心情不错。

白小茶坐在横梁上,悠悠地晃着双腿:"原来凡间婚嫁是这样的呀,穿得红艳艳的,真俗气。"

"一拜天地!"白小茶看见新娘踉跄了一下。

"二拜高堂!"白小茶看见新娘捂着胸口,突然软绵绵地倒地不起。

堂上诸亲友瞬间议声四起,乱成一片。

"喂,还有步骤没完成吧。"白小茶正嘀咕着,忽然看见牛头马面现身,带走了一个浅淡的魂魄。白小茶终于意识到,自己的使命来了。

"好了,好了,我来了。"白小茶往下一跳,钻进了地上那身红霞帔里。片刻,她晃悠悠地站起来,听到身边一阵唏嘘声。白小茶清了清嗓子,道,"诸位,不好意思啊,方才头晕,害大家担心了。"

众人虽然觉得奇怪,但看新娘没事,便也不再追究。

"夫妻对拜!"白小茶弯腰,呃,好像幅度太大了,红盖头差点要掉下来。她赶紧伸手扶了扶,听见满堂哄笑。白小茶心生感叹:唉,出师不利。

被牵着来到一个挂着红帐子的房间,白小茶坐在床沿上。

红盖头下,白小茶看见一双靴子停在自己面前,黑色锦缎的面,用金色的丝线绣着云朵的花样。靴子的主人有着极好听的声音,轻轻唤一声"娘子",差点没把白小茶的骨头给酥化了。

红盖子被揭起,白小茶还没来得及回他一声"相公",她的准相公就用难以置信的口吻问她:"你是谁?"

"哎?"白小茶有点蒙,"我是你的妻子娇娥啊。"

"不,不,不。"一连三个"不"字,可见花名扬是多么心慌,"你不是娇娥,娇娥长得比你漂亮多了。"

"啊?"

三、算了，自己的错误自己来纠正。

唉！半天时间，白小茶已经对着铜镜哀叹了156次。

铜镜里的白小茶耷拉着眉毛，苦着脸庞，自言自语："月老大人，您说，我是继续用这副皮囊呢？还是换回白小茶的模样？如果突然间换回白小茶的模样，花名扬会不会吓晕过去？还有，我该怎么跟他解释呢？"

等了半响，没有听见只言片语的回应，白小茶死心了。月老大人远在天宫，有那么多姻缘要牵，哪里还会管她这个小仙女的死活呢。算了，算了，自己的错误自己来纠正。

白小茶支着下巴，开始琢磨扭转花名扬命运的方法。

月老大人说，花名扬本应该夫妻恩爱，子孙满堂。很显然，他对她这个妻子并不满意，既然这样，那么，不如让他休了自己重找一个？白小茶的眼睛突然间明亮了起来。对啊，帮花名扬找个新夫人，然后自己就可以逍遥天下，过自由自在的生活了。哈哈，正该如此。

白小茶越想越觉得这条路可行，越想越觉得自己聪慧无比。

她唤来侍女，问道："少爷呢？"

侍女摇头，小心翼翼地回道："听说少年一大早就出门了，只是不知去了哪里。"

白小茶挥手，让侍女退了下去。

想当年，她白小茶也是草木妖组织的成员，找人这点事情，实在是太简单了。

走到院子里，纤纤手指探上树叶，心神已经随着满地的青草绿树攀爬，直达她要寻找的那个人那里。

花名扬此刻正在红景苑听小曲，品美酒。身旁的知己好友均有美女在侧，唯有他，推开了一众女子，独自豪饮。

"花兄，昨日才成亲，怎么今日一早就约我们出来喝酒？"

"是啊，新婚燕尔，怎么舍得把美娇娘放在家里，独自苦饮？"

"莫不是那娇娥新娘服侍不周，让你不满了吧？"

花名扬抬起头来，说道："我娶错人了。"

"啥？"

这件事情，不说出来会憋得慌，花名扬轻声叹息，道："我是看了娇娥姑娘的画像才下定决心娶她，要知道，画像上的她虽不是沉鱼落雁之貌，亦不是倾国倾城之色，但是眉眼之间那股神韵当真令人心动。可是……"

"可是什么，花兄？"转折点的停顿，让他们越发好奇。

"那李娇娥，全然没有画像上的容貌。更甚的是，连一半都没有，容姿平庸至极。"

"不是吧？"

"所以，我才怀疑自己娶错了人。"一杯接着一杯下去，美酒亦是穿肠毒。渐渐地，花名扬脸颊通红，醉意蒙眬。

### 四、李娇娥，你没疯吧？

也不知怎么回到家的，花名扬醒过来的时候，已经躺在白家的床上。床幔是鲜艳夺目的红，花名扬一个激灵坐了起来。

"哦，头痛。"嗓子亦有微恙。

"醒了？"白小茶倒了杯茶过去，看着花名扬一口喝完，才说，"既然醒了，我们就聊聊吧。"

"聊什么？"对着这个错娶的妻子，花名扬觉得头更痛了，比醉酒还痛三分。

"你喜欢美女对不对？"

花名扬揉眉,道:"哪个男人不爱美女?"

"你不中意我是不是?"

花名扬愣了一下,点头。

"那,你休了我吧!"

"啊?"花名扬瞪大了眼睛,看着眼前这个女人,"你说什么?你要我休了你?"

"对。"白小茶点头,笑得阳光灿烂,"你休了我,然后再找一个漂亮的女人做夫人,夫妻恩爱,再生几个小娃娃,子孙满堂。那样的人生,岂不完好?"

花名扬眯起眼睛,觉得头更痛了,开始怀疑自己失聪。好半天,他小心翼翼地问:"李娇娥,你没疯吧?"

"没疯没疯,我正常得很。"白小茶说,"我跟你说哦,城西有个元娇娥,虽然名字跟我一样,可是比我漂亮多了,要不,你娶她?"

"你,真的让我休了你,然后娶别人?"花名扬第一次认真地看眼前这个女人。眉毛有点粗,眼睛不够大,鼻子不够挺,嘴唇也不鲜艳。可是,五官组合在一起,也凑合着能看。

"喂,你魔怔了?"白小茶伸手在他的眼前晃了晃,问道,"怎么样?给句话呀。"

"此事,容我想想。"花名扬心中焦虑,却怎么也寻不到根源。

白小茶一厢情愿地开始给花名扬牵红线搭鹊桥了。可是,还没高兴到一半,草木妖组织的成员就告诉她一个让她难以接受的消息:元娇娥已经婚配了。

白小茶一屁股坐在石凳上,傻眼了。她抬头,蓝天白云,干净得很彻底。白小茶嘴唇一扁,道:"月老大人,您工作太积极了吧?怎么这么快就把那元娇娥给嫁出去了呢?"

当然，忙碌的月老大人根本没有理睬一个下凡小仙子的抱怨。

白小茶只好继续动用草木妖组织的关系，搜寻全城美貌的适婚女子。

一时间，草木妖组织内部流言四起，说五十年前飞升成仙的那株千年白山茶下凡来了，居然还冲破了性别障碍，搜罗起美女来了。

一时谣言鼎盛！

## 五、做人真难！上仙诚不欺我

白小茶捧着一堆画卷走进花名扬的书房。花名扬皱眉："这是什么？"

"美女图。"白小茶放下卷轴，一幅幅地打开来，笑呵呵地说，"这是我找全城最棒的画师画的，来来来，挑一个。"

花名扬的眉头皱得更紧了。

"喂，挑一个啊，你不是喜欢美女嘛。这里画的每一个人，都比我漂亮。你看，苗条的，丰腴的，各种类型都有。只要你一声令下，我立刻帮你把她们娶回家。"做妻子做到分上，应该称得上贤惠了吧？白小茶暗自盘算着今后远走高飞的好日子，却没注意到花名扬的脸色越来越难看。

"李娇娥，你闹够了没有？"声音威严而且薄怒。

"哎？"白小茶抬起头来，疑惑不解，"我哪里胡闹了？"

花名扬把画卷一一塞进白小茶的怀里，将她推出了书房："以后别拿这些东西来烦我。"说完，关上了书房门。

白小茶歪着脑袋想了想，觉得自己一介小仙完全不能理解一个人类的思想状态，她摇摇头，嘀咕一句："做人真难！上仙诚不欺我。"

一计不成，再生一计。

这日，白小茶涂脂抹粉，将自己好好打扮了一番。猜猜她去干什么？嘿嘿，没错，她要上街勾引男人。

这一计策可是白小茶拐弯抹角从侍女们的嘴里套出来的。只要被花名扬看到自己如此风骚，他肯定就有了将她休掉的正当理由。对，此计可行度非常高。

白小茶走一步，扭一扭，回个头，笑一笑，果然有仙界公认是美女的那只红狐狸的韵味。呃，虽然，是百分之一的韵味啦。但是，白小茶还是挺知足的。因为，回头率很高啊。

白小茶晃悠悠地晃到花名扬经常去的那家酒楼前面，立即引来了更多的关注。

"咦，那边有位美人，身段不错。"

"瞧瞧那腰肢，柔软无骨，也不知道是哪家青楼的姑娘。"

"快，去把那姑娘叫上来，陪爷喝两杯。"

花名扬走到窗边，朝楼下看去。这身影，有点眼熟。恰巧那姑娘转过头来，蓦地，花名扬睁大了眼睛，怒气冲冲，噔噔噔下楼，堵在了白小茶的面前。

"李娇娥，你在干什么？"

白小茶装作被抓包的惊吓模样，弱弱地狡辩："相公，我……我没干什么呀。"

众人哗然。什么，这个女子是有夫之妇？既是有夫之妇，还这么当街卖弄风骚？不可直视！不可直视啊！

"跟我回家。"花名扬架着白小茶的胳膊，连拖带拉地将她带走。

"相公，相公，人家只是太寂寞而已。"

吼！真是一个开放的女子啊。众人反应不一，有人鄙视，有人欣赏，有人甚至开始打赌花家什么时候休妻。顿时，花家出名了。

## 六、娘子，我们来日方长

把白小茶扔进屋子里，花名扬仍然怒气难消："李娇娥，就算洞房之夜我对不住你，你也不需要这样毁自己名节吧？"

"若我本是这样不甘寂寞的女子呢？"

"你不是。"

"你懂我几分？凭什么说我不是那样的人？"

花名扬看着她，摇头："我知道你不是。"半晌，又说，"虽然你离我先前定的标准差了几分，但是，我会尝试接受你，我们，慢慢相处吧。"

"啊？"白小茶觉得自己的脑袋秀逗了，不过，她觉得花名扬的脑袋更秀逗，"花名扬，花少爷，我今天公然上街勾引男人，你居然不休我，还要跟我好好相处？你没有生病吧？"

"什么？"花名扬耳朵尖，立即听出了白小茶话中之意，扬了扬眉，道，"你今天的所作所为，是故意的？"

"啊，呃……"白小茶一时间不知道该如何辩解。

"你就这么想让我休了你？"

白小茶赶紧点头："对，反正你看不上我，倒不如休了我，另结良缘。你说呢？"

花名扬气鼓鼓的，一俯身，吻上了那瓣嘀嘀咕咕的嘴唇。顿时，一股花香沁入鼻翼，让他精神振奋，心神出窍，只想把怀中的人儿抱得更紧，揉到自己的心坎里去。

白小茶惊得睁大了眼睛，听见自己的心脏怦怦怦地跳，越来越欢快。

这种感觉，好像不坏。

花名扬慢慢地放开白小茶，脸上居然红霞翻飞。

"娘子，我们来日方长。"说完，他转身走了，只留下白小茶目瞪口呆地立在原地，缓不过神来。

欺人太甚了。花名扬啃了她的嘴唇，她还没啃回来呢，这不公平。对，极不公平。白小茶气呼呼地想。

再说羞红了脸的花名扬，这会儿正把自己关在书房里把卷而读。不过，他一会儿偷笑一下，一会儿又摸摸嘴唇，手中的书卷一直翻在那一页，未曾动过分毫。

花名扬觉得自己魔怔了。怎么突然间摒弃了一向重视的容姿，看上了毫不起眼的李娇娥了呢？也许，大概，是因为李娇娥率直纯真吧。虽然她没有倾城的容貌，可是，那种坦承的个性很让人着迷。

## 七、我想让你留下来

花名扬开始有意无意地接近白小茶，一会儿到她面前晃一圈，一会儿又嘘寒问暖，体贴入微。

白小茶的内心开始煎熬了。花名扬到底喜欢她什么呢？她是披着李娇娥皮囊的白小茶，花名扬究竟是喜欢她呢？还是喜欢李娇娥呢？越想越纠结，白小茶大步朝外走，正巧在门口遇到了花名扬。

"花名扬，你喜欢我吗？"白小茶仰着脖子，直截了当地问道。

花名扬点点头，微笑。

"你喜欢我这副模样？这眉毛，这眼睛，这鼻子，你都喜欢？"

花名扬再点头。

"你……我……"白小茶只觉得胸口憋着一股气，堵得慌，"既然如此，我走了。"

"你要去哪里？"花名扬紧紧地跟着白小茶，看见她走到院子的中央。白小茶指天大叫："月老，我要回去。这差事我不干了，快给我开天门。"

"娇娥，娘子，你怎么了？"花名扬走上前去。

白小茶见状，连连后退："不要过来，我不想看见你。"

"你怎么了？"

"实话告诉你吧，我不是你的妻子，我是天上的神仙白小茶。因为在月老那里绑错了你的姻缘线，被月老惩罚下凡，穿上了李娇娥的皮囊。真正的李娇娥，她早在拜堂的时候就死掉了。"

花名扬怔住。

"你不信是吧？"白小茶一转身，化作原本的模样。她摊开双手，做无可奈何状，"现在，你该相信了吧？对你造成的损失我很抱歉。再见。"

"等等，娇娥，不，姑娘。"花名扬想了想，觉得不对，又改口，"仙子。"

白小茶看着他，心里默默道着永别。

"我不怪你。"花名扬说。

白小茶点点头，摆摆手："那么，再见吧。"说完，转身飞走。

"我想让你留下来。"花名扬看着远去的背影，焦急地喊。可是，白小茶飞得太快，根本没有听到这句话。

## 八、哎呀呀，这是个秘密，不说了

白小茶走后，花名扬总是一个人坐在院子里，在他们最后一次相见的那个地方，捏一只杯，提一壶酒，独坐独饮。往往，他喝着喝着，就醉意蒙眬。

"小茶，白小茶，你别走。"迷迷糊糊中，他这样念叨。

不时有侍从偷偷猜测，花少爷是不是着了魔？月前，少夫人突然失踪，花少爷就像丢了魂似的。可是，奇怪的是，花少爷不找李娇娥，却念念不忘"白小茶"。这白小茶是谁？问遍了花府每一个人，都说不认识。所以，侍从们觉得，花少爷应该是被妖魔迷了心魄。

"唉,可怜的花少爷。"侍从甲感叹。

"要不,找道长来驱驱邪吧?"侍从乙提议。

"我觉得咱们花少爷是失心疯了,应该找个大夫看看。"侍从丙说道。

花名扬多多少少听到了侍从们的猜测,可是,别人怎么看他他一点也不关心。他的心已经乱了,在白小茶飞走之后,乱成了一团麻。

"白小茶,你回来,我的话还没说完,你怎么就走了呢?"酒壶里再也倒不出酒,花名扬喊道,"拿酒来。"

侍从们你推我,我推你,谁也不愿意再为花少爷拿酒。

"都聋了吗?我说拿酒来。"花名扬提高了声音吼道。

终于有胆大的侍从提醒道:"少爷,这已经是第五壶酒了,不能再喝了。再喝下去,恐怕……恐怕花府要办丧事了。"

"怎么这么多废话,叫你们拿来就拿来。"花名扬的心情不好,脾气就更加不好。

侍从们赶紧退下,谁也不愿意主动当炮灰。

"白小茶,你回来吧。"花名扬呢喃道。

"好吧,我回来了。"白小茶飘然而至,走到花名扬的身边,看着他惊讶的脸,有些心疼,"短短几日不见,你怎么瘦成这样?"纤手抚上带着胡楂的脸,立即就被那人扯到了怀里。

"白小茶,是你吗?白小茶,我没有做梦吧?"花名扬喜不自胜,眼眶渐渐模糊。

"是我。"白小茶说,"我回来了。"

得到了肯定的回答,花名扬把白小茶抱得更紧了。

"你不是回天上当你的神仙去了吗?还回来做什么?"花名扬假装生气地询问,手臂却一直紧紧地箍着白小茶。

白小茶唉声叹气，道："我被月老大人无视了，他不给我开天门，我就没办法回到天上去。"

　　"怎么？你还想回到天上去？"手臂松了一松，又瞬间抱紧，"我不让你走，再也不让你走了。"

　　白小茶微笑："我这不是回来了吗？这些日子，我想明白了，既然暂时没地方去，我就留在花府吧。"

　　"暂时？"花名扬挑眉，不悦，"言外之意，你以后还会走？"

　　"呃，这个，看情况。"

　　"我不许你走。"

　　"好吧，好吧，我不走。"

　　白小茶倚在花名扬怀里，偷笑：在仙界的日子快闷死了，哪比得上在人间自由自在啊。就算花名扬赶她走，她也不想走了。

　　当然，她不会告诉花名扬，这些日子她并没有去敲天门，而是把周边的小城小镇转了个遍。哎呀，这是个秘密，不说了，不说了。🌺

"仙君，那您的心……在哪儿呢？"

## 桃之夭夭，任君享用

文/蛋汤不要葱 图/DAZUI

### 楔子

听说花果山出来的一只猴精大闹了天庭，搅乱了王母娘娘的蟠桃会不说，还把兜率宫闹得天翻地覆，逼得太上老君不得不下界扩招炼药小童。桃小夭听了兴奋地往山顶的玄天宫跑。嘿！被选上了那可是公务员的职位啊！

### 一、天庭招聘会

桃小夭赶到玄天宫的时候，门口已经排起了长龙，各路妖精全聚集在此。她看了看手中的宣传单，白纸黑字上最醒目的一句便是"通过考核位列仙籍"。

桃小夭不由得一手握拳，摆出势在必得的模样。她可是肩负着李子一族的重任来报名的！排队算什么！她等！

"听说这次太上老君是扩招啊，前面那些妖精好多都通过了！"

"那我不是有机会了？！"

桃小夭闻言竖起了耳朵，认真地偷听起了同僚的对话。

要有特长？还要长得好看？桃小夭一边点头一边认真地做笔记。但不知怎么的，突然就没了声音，她疑惑地抬眼，却瞧见面前的同僚正一脸鄙夷地上下打量着她。

她讪笑了两声，忙将小册子收了起来："呃，嘿嘿，你们继续你们继续。"

"哼,黑不溜秋的李子精也想报名,痴妖做梦!"

桃小夭全然不在意同僚的嘲讽,身为李子精,她骄傲!她自豪!

排队长龙漫漫无期,轮到桃小夭的时候,已然过去了三天三夜。她依旧精神不减地候着,眼见再过两个人就轮到她了,怎能叫她不紧张。

她得好好观察观察!

桃小夭探头探脑地瞧着不远处坐着的审核官。他一手撑着脑袋,一手执笔,拉长着语调懒散地问道:"名字。"

"敢冒。"

"品种。"

"板蓝根。"

"特长。"

"包治百病!"

"嗯,通过了。"

啥!就这么简单吗!桃小夭有些惊呆了,原来天庭招人这么容易,看来她复兴李子一族在水果界的地位有望了!

前面的两人都顺利通过后,终于轮到了桃小夭。她紧张地等着审核官的问话,只见审核官瞟了她一眼,就说道:"下一个。"

她这是……过没过?

"仙官大人,您不问我问题吗?"

"兜率宫不招收水果,而且还是这么丑的水果,一边玩去。"

"……"

周围一阵哄笑,桃小夭对这看脸的世界绝望了。

眼见着太阳落山,桃小夭依旧徘徊在玄天宫附近。这可怎么办,她没脸回去面对族人了,走之前她可是信誓旦旦地保证不负众望,现在回去,她族长的地位岂不是不保了。

"神啊救救我吧!"

"轰隆——"橙黄的天际响起了一声闷雷,随即一道闪电快准狠地在桃小夭跟前劈下,彻底吓呆了桃小夭。

## 二、仙君大腿要抱紧

闪电过后起了一阵烟雾。桃小夭眨了眨眼睛,面前陡然站立着一个人。白衣胜雪,眉目如画,额间一记青色菱形印衬得漂亮的脸蛋不由得冷峻了几分。

"想不到世间竟有如此出尘绝艳之人。"桃小夭由衷地感叹道。

玄清睨了一眼面前黑不溜秋的小妖精,不屑地转身就走,结果没走几步步子就迈不开了。他低头瞅见桃小夭不知何时抱住了他的双腿,一张黑里透着红的脸蛋朝着他笑了笑。

"这位仙君,您也是来招人的吧?"

奈何桃小夭土生土长,带着方诸山的浓重腔调,玄清把"招人"听成了"找人"。

"你怎知本君目的?"

嘿!还真给她猜对了!桃小夭忙起身站在了玄清的跟前,谄媚地说道:"仙君大人一身仙气凛然,定是天庭的大人物,大人物下凡那肯定是有要事在身的。"

玄清眉毛微挑,不动声色地等着桃小夭继续说。

一想到这可能是上天给她的最后一次机会,桃小夭无论如何都只准成功不许失败。她吸了口气,开始极力地推销自己。

"所以,虽然小的只是水果,但手脚绝对麻利,头脑也十分清晰,定能将炼药小童一职做得尽职尽责，实在不行小的可以先不入仙籍，试用一段日子都成！"

玄清这下总算听明白了，眼前的小妖是想入太上老君门下，误把自己当成了审核官。

"本君的目的是找人，不是招人，无知小妖还不速速离去。"

桃小夭见玄清眉色一凛，小心脏颤抖了两下，怎么神仙都那么不近人情？不过看眼前的俊美仙人一副高富帅的模样，反正抱紧大腿就是没错的！

眼见着玄清招来云朵腾云就要离去，桃小夭心一横，忙抓着玄清就往下拉，硬是把玄清拽了下来一屁股坐在了地上。

惨了！

看着脸色立马黑成一片的玄清，桃小夭感觉到浓烈的杀气瞬间迸发而出。

"仙、仙君大人可是要找人？小的对这方诸山可熟了，愿意助大人一臂之力！"

"就为了那兜率宫的职位？"玄清冷笑。

桃小夭觉得这笑容十分讽刺，敛眉应了声"是"。

"本君名唤玄清，人若找到了，本君亲自送你到太上老君跟前。"后面几个字玄清几乎是咬着牙蹦出来的。桃小夭闻言却是明媚了一张脸，这更让玄清十分不屑。

### 三、逃走的未婚妻

玄清此次下界的唯一目的便是寻人。而那人，是他的未婚妻，掌管蟠桃园的蟠桃仙子——兆瑶。

桃小夭一听，走在前头带路忍不住回眸笑道："我们李子一族和桃子一族是远亲耶！"

"哼。"玄清将视线移向了别处，显然是不屑听一只妖精也想和神仙攀亲戚。

桃小夭不由得尴尬地转回头老老实实地继续带路了。玄清说，从当时的案发地点以及行凶者的复述，推断出仙子应该是朝东南方这片跑了，而其他大小山他都找过了，也就只差这方诸山没找。

桃小夭没敢问为什么玄清的未婚妻跑了，但她暗暗从玄清的只言片语里猜测出来，可能是因为家暴！

"到了到了。"桃小夭将玄清带去了山腰上的盘丝洞，里面住着的蜘蛛精寡娘掌握着方诸山的大小消息，倘若方诸山某天莫名其妙多出了个人，那她绝对会知道的。

"哟，小夭难得会来我洞里坐坐。"寡娘美艳无方地半眯着眼斜倚在自己织的大网上，双眼触及玄清的时候，眼里划过一抹亮光。

"没想到还带来了大人物。"

桃小夭瞧见寡娘那酥胸半露的模样，红着脸眼神飘忽。

"寡娘姐姐，小夭是想找你打听一件事的。"

"是这位大人想要打听吧。"寡娘媚眼有意无意地落在玄清的身上，在一旁看着的桃小夭都忍不住心跳加速，也不知玄清为何还能一副孤傲到死的模样。

"嗯嗯，姐姐真厉害！"

"就你嘴甜，说吧，什么事。"

"咱方诸山上这几年有没有出现过什么外人，比如天庭来的仙子之类的……"

寡娘一听，眼神耐人寻味地瞧了一眼玄清，便朝桃小夭招了招手："过来。"

闻言，桃小夭犹豫地看了一眼身旁皱着眉的玄清，迈开步子走向了寡娘。

玄清一进洞里就隐隐不太舒服，在看见蜘蛛精后，就更加不舒服。眼瞅着蜘蛛精还把那小李子精给叫了过去，玄清两眼一眯，一个移行把刚走至寡娘跟前的桃小夭又给抓了回来。

"大、大人？"桃小夭抖着声线蜷在玄清的怀里，鼻尖嗅到从他衣襟里透出的丝丝清香，心跳个不停。

"你想取她修为？"玄清冷然道。

"仙君不知，从奴家这儿拿消息可不是白给的，一个消息一年修为，明码标价，小夭自己也知道的。"

被提及的桃小夭连忙在玄清的怀里点头："一年修为小的还是给得起的。"

玄清嫌弃地把桃小夭放开，就听寡娘继续说道："也罢，就当卖大人一个人情。方诸山这百年来只来过三个外来客：一个是住在山脚竹屋的姑娘，还有一个是玄天宫里的新晋弟子，最后一个嘛……"

寡娘卖了个关子，在玄清耐心到了极限时，笑眯眯地指了指桃小夭："是她。"

## 四、仙君大人真傲娇

这脸和脸的差别待遇咋就那么大呢？

桃小夭一路上都特别郁闷。寡娘当时说完三个人的时候，玄清二话没说直接忽视了身旁的自己，只顾着催她先去玄天宫找那新晋弟子。

很可惜，当玄清看到新晋弟子那粗壮的腰肢时，黑着一张脸愤怒地下山朝竹林走去。

桃小夭突然发觉，这个仙君太肤浅了，只看了个背影就断定不是。

"大人。"

"说。"玄清脸色不是很好。

"指不定仙子这几年因为方诸山的伙食好，吃胖了，您真不看看脸再走吗？"

玄清冷笑道："本君还需要你教？"

桃小夭听了乖乖闭嘴。玄清斜眼看着桃小夭黝黑的面孔，沉吟了片刻，开口道："本君虽没见过兆瑶，但人妖仙却还分得清的。"

"啊？"

"少废话，快带路。"

"哦。"桃小夭懵懵懂懂地继续朝山脚竹林走去，嘴角忍不住微微翘起，这个仙君大人一副孤高冷傲的模样，实际上却是刀子面孔豆腐心，这就是那些人类说的傲娇吧！

等他们到达山脚竹屋时，门上贴了张字条。那姑娘进城赶集去了，没个三四天是回不来的。桃小夭吞咽着口水小心翼翼地看着身旁的玄清，生怕他耐心一没挥袖就招来云朵回天庭把她给落下了。

好在玄清眼睛也没眨一下，并着修长的两指往边上一点就幻化出了一座竹屋，决定等到姑娘出现为止。

"大人，您到屋里好好休息，小的给您守在外头。"

"嗯。"

目送着玄清进屋，桃小夭才松了口气。作为一族之长可真不容易，不过如果仙君大人能找到自己的未婚妻，那她上天的事就是板上钉钉的了。这么一想，只要那竹林姑娘一回来，岂不就是她入天庭之时？

于是，桃小夭这几日一直在屋外给玄清守着，心里念念叨叨地想着竹林姑娘一定得快些回来，兴许是想得太多了，桃小夭渐渐地头昏脑涨。

意识消散前，她恍惚瞥见了一抹白色衣角，还没来得及细看，两眼一黑便一头栽倒了。

桃小夭感觉有人朝着她嘴巴吹气,凉凉的,很舒服,莫名地身体里的经脉都通畅了许多。她迷迷糊糊地睁开眼睛想看看是怎么回事,双眼触及近在咫尺的俊脸时,登时傻了。

### ㊄ 这个看脸的世界太可怕了

仙、仙君大人是想干什么!怎的离自己这么近!

桃小夭紧张地移了移视线,脸上立马"腾"地就滚滚发热,因为朝她吹气的不是别人,正是仙君大人玄清。

心跳得好快,不行不行,桃小夭鼓起勇气抬起双手将玄清用力一推。凉气没有了,近在咫尺的感觉也没有了,桃小夭如释重负。

她结结巴巴地道:"大、大人,您、您这是要吃了小妖吗?小妖可是、可是一直尽职尽责带您找仙子的呀。"

玄清被桃小夭这么一说,愣是僵了一张脸在那儿,最后郁闷地挥袖离开,临走时还不忘轻哼了一句:"好心没好报!"

留下桃小夭一头雾水地待在原地,神仙的世界果然是她等妖精不能懂的!

也不知是天意弄人还是巧合,竹屋的姑娘一直都未回来,桃小夭急得原地打转,反观一向没什么耐心的玄清这次却不着急了,并且眼神总是毫不遮掩地……盯着她看。

他不会是看上自己了吧。

桃小夭赶忙用力地甩了甩头,把脑袋中可怕的念头给甩去,看了看湖面上倒映着的自己,脸上黑扑扑的,怎么可能会有人喜欢。

打完水回到竹屋时，桃小夭看见玄清身边多了一个漂亮的女子，她愣了好久，还是撞上了玄清清冷的眸子才回过神来。

"是竹屋的姑娘回来了吗？"桃小夭问道。

"这位是？"竹屋姑娘疑惑地看向玄清。

"看来是啦！大人，这就是您要找的人吗？"桃小夭眸子亮闪闪的，总算是把人给等了回来，这次上天庭绝对有望了！

玄清扬了扬嘴角，并不说话。

"到寒舍坐坐吧。"竹屋姑娘浅笑着说道。玄清点了点头，便同姑娘并肩而行走在了前头。

桃小夭心里有些不是滋味，撇了撇嘴，好看的人待遇就是好，她和仙君大人处了十多天也没见他笑过一回。

夜凉如水，桃小夭无聊地坐在房顶上看星星打发时间。玄清估摸着终于找着老婆了，此时还待在竹屋里和那姑娘一块，看来是相谈甚欢。

算了，洗澡去！

打定主意，桃小夭起身就决定去不远处的湖边。

## 六 惊天大阴谋

夜色静谧，桃小夭确认四下无人后，麻利地脱了衣服就滑入了水里。

说起来到这方诸山，桃小夭自己也忘了是什么时候来的，只知道也有百年之久了。当时花果山的猴子精大闹了天宫后，就连下界也受到了殃及，方诸山上的精怪逃的逃，趁火打劫的趁火打劫。她刚来的时候就遇上了李子一族被其他精怪欺压，所以等她拔刀相救之后，莫名地就成了族长。

现在想想，早知道就不该逞一时之快，当了族长还得带着一族成员在水果界怒刷存在感不说，现在还要抱着仙君大腿看脸色。

"真郁闷。"桃小夭胸闷地把脸埋进了湖里,开始吐泡泡。

蓦地,阵阵风袭来,树林被吹得簌簌作响。

桃小夭敏感地察觉到哪里不对,赶忙游到岸边将衣服穿上。

"谁?"这衣服刚穿上,月色下就走出来一个人。

"别紧张,小夭是我。"

"寡娘姐姐?"桃小夭有些诧异,没想到竟然会在这里碰见她,"姐姐怎么在这儿?"

"我刚得知了一个消息,所以特意来找你的。"

"消息?"

"嗯,兜率宫招仙是假,填充药材才是真,炼妖小童不过是一个幌子,只不过是为了填补当年被孙猴子毁去大半的珍贵药材才从下界招来无知妖精炼药的。"

桃小夭恍如中了晴天霹雳,不敢相信寡娘口中说的是真的,那可是天庭,怎么可能会干这种事情?

寡娘瞧着桃小夭一副不可置信的模样,趁机想要再靠前些,却没想到背后中了致命一击。

"唔……"

"寡娘姐姐,你怎么了?!"桃小夭忙扶着寡娘。

"快过来。"玄清的声音从半空中传来,月色下他一身白衣庄严圣洁。桃小夭差点儿就听话地要收回手朝他走去。

玄清见桃小夭没动静,不由得皱了皱眉,道:"笨妖精,你怀里的蜘蛛精居心叵测,还不快过来。"

"仙君大人,那您先回答小夭一个问题。"

夜色太暗,玄清看不清桃小夭此时的神情,但是听她的声音,他隐隐觉得似乎和之前有点不太一样了。

"兜率宫招炼药小童是不是只是个幌子,天庭根本就没打算让我们这些妖精入仙籍。"

"想入仙籍,岂是易事?"

玄清的一句话不言而喻,看来寡娘姐姐说的都是真的了。桃小夭顿时觉得胸口有些疼,神仙果然都是自视清高的,从来都看不起低等的妖物,就连玄清……也只不过是想利用自己找到仙子后再将她同其他伙伴一样扔进药炉子里。

他、他怎么能这么坏……

## 七 都是猴子惹的祸

笼罩着月亮的云彩不知何时散去了,牙白的月光投射下来,玄清终于看清了桃小夭的模样。

他吃惊地微微睁了睁眼:"你……"

"寡娘姐姐都告诉我一切了,只可惜她也遭了您的毒手,仙君大人还请看在小夭尽心尽力帮您的分上放一条生路吧。"

"她是坏妖!竹屋姑娘是她扮的!"玄清生气地上前几步。桃小夭却防备地跟着后退了几步。

白嫩的脸蛋上,杏仁眼里满是惊慌,粉嘟嘟的嘴唇此刻被贝齿咬着,可以看得出来她现在很惧怕他。

玄清不知为何桃小夭会变成这样,但显然眼前的人就是自己要找的未婚妻,于是他二话不说,快速地移行到她的面前,将她敲晕直接带走!

等桃小夭再次清醒的时候,发现自己身处在一个陌生的大房子里,她这才想起来她被玄清绑架了。那么现在,她很有可能就是在天庭,也就是说她即将要成为一颗李子干了！

思及此，桃小夭扑闪的双眼里立刻蓄满了眼泪，她的妖生为何如此凄惨……

"你哭什么？"玄清的声音蓦地传来。

"神仙都是坏蛋，你知恩不报！我帮你找老婆，你这样对我！呜呜……"

"笨妖精。"

"你！过分，呜哇……"桃小夭被玄清这话气急了，忽略了对方语调里那多出的几丝温柔。

玄清行至桃小夭的跟前，带着暖意的双手捧起了桃小夭的双颊。哭得正伤心的桃小夭此时红着双眼，红着鼻尖，还真像一个可口的桃子。

"你是兆瑶，本君怎么可能害你？"

"你、你眼瞎吗？你这么看脸的人，竟然会把我看走眼了？"桃小夭抽抽搭搭地说着，顺利地看到玄清原本还有一些柔化的脸变得又硬又黑。

"自己看。"玄清不知何时变出了一面镜子。桃小夭疑惑地接过照了照，记忆如同走马灯一般迅速地在镜中闪现。

她本是掌管天庭蟠桃园的蟠桃仙子，与掌管北方七宿的玄武上神玄清订有婚约。当年孙悟空偷溜进蟠桃园偷吃蟠桃，身为仙子的她着实被吓着了，害怕担罪收拾行囊便偷跑下界。可惜她下凡时摔了一跤，磕坏了脑袋，才导致与李子一族为伍至今……

"这是轮回镜，看得到前尘往生。"

"那、那寡娘姐姐……"

"本君与她是私仇，可惜把你卷了进来。"

"兜率宫真的是把妖精抓去炼药了吗？"

"神仙与妖魔的区别，在于心。"

"大人，那您的心……在哪儿呢？"桃小夭小心翼翼地问道。

玄清板着一张脸，白皙的两颊不知为何起了些红晕，良久，他才憋出了一句：“你猜。”

## 尾声

天庭一派喜气腾腾，原因无他，北方玄武上神与蟠桃仙子今日大婚。

桃小夭喜滋滋地窝在玄清的怀里，开心极了，头顶上方玄清好听的声音响起：“小夭，本君一直有一个疑问。”

“嗯嗯，你说。”

“为何你的容貌会一下大变……”

“哦，这个啊，可能是因为我下凡后一直没有洗澡的缘故吧，毕竟李子是黑的，我如果不随大众，会被排斥的！”

“……”

霞光万丈，仙鹤飞鸣，鹊桥上行驶的婚车里，一席红衣蓦地被抛出了车外，桃小夭不可置信地趴在地上看着玄清黑着一张脸关上了车门，驰骋而去。

桃小夭终于忍不住嘶吼道：“玄清，你个处女座！”

## 经典重温

　　小瑾掀起喜帕一角，笑如桃花："夫君，其实我也想听一听，令洛月城无数人落泪唏嘘的曲子，究竟是个什么样……"

——《公子，what are you 弄啥嘞？》

　　人们停下，看着血泊中的那个怪物。突然，有人发出一声惊呼："那是什么？！"众人循声望去，只见那怪物蓬乱的长发下，一颗白珠染血微红。眼前又浮现出那个红色的身影，如鱼一般，悠游干净。

——《莲·鱼生欢》

　　讲不清心中是感动或是其他，万雪桐抬头看他熠熠生辉的眼，忍不住伸手抚上他的俊颜，低喃了一句"傻瓜"。这个世界上，肯这样以命相护的，能有几人呢？

——《娘亲十八岁》

　　这种冰冷让人窒息，她为他担惊受怕，他却要过河拆桥，去娶别的女人。她愤怒不已，既然如此，那他当初又何必托季轩问话，给她希望？！

——《微臣也想要抱抱》

　　一个轻柔的吻落在我的额上，我鬓边的碎发被他的呼吸吹动，扫在脸上有些痒，然而此刻气氛太好，我实在舍不得去拂。

——《父王，给女儿来一打王兄》

　　那晚，钱塘发生了史无前例的浩劫，西湖水倾巢而出，淹没了大半个钱塘。整个钱塘尸横遍野宛若人间地狱。唯有夕照山上那座雷峰塔在这场浩劫中完好无损。

——《借伞的不是许仙》

只是很久之前他娘就教过他，两个人若要终成眷属，总要有一个先要流氓才行。

——《公子太坑，围观小厮惊呆了》

直到三年后，我软软瘫倒在他怀里，眼睁睁看着他动用禁术从我身体抽离我的魄体却无可奈何时，才明白，原来所有的推心置腹，所有的温柔相待，都是为了风铃阜。

——《取心不娶我，差评！》

那之后，我央求他带我离开镐京，在城外三十里处的月老祠成婚。那一晚，他望着我的眸光，就犹如从天落下的羽纱，温暖甜腻。

——《一生三梦，狐非狐》

他说："倘若能将喜欢说得清楚明白那或许就不是喜欢了。我只知道，我想保护她，不让人伤害她，想看着她笑。在看不见她的时候会惦记，看到她对别人好，心口又酸又堵。"

——《寂寞僵尸无公害》

"大人，那您的心……在哪儿呢？"桃小夭小心翼翼地问道。玄清板着一张脸，白皙的两颊不知为何起了些红晕，良久，他才憋出了一句："你猜。"

——《逃之夭夭，任君享用》

白小茶点点头，摆摆手："那么，再见吧。"说完，转身飞走。"我想让你留下来。"花名扬看着远去的背影，焦急地喊。可是，白小茶飞得人快，根本没有听到这句话。

——《替补仙妻伐开心》